SUNG YA NOTE VOL.2

小說
秋墳書店
胡媚兒
三百歲的狐仙，在人間的工作是平面模特兒。
個性樂天、活力充沛，像小狗一樣熱情親人，
喜歡變成狐狸向蒲松雅撒嬌。
她除了會法術和力大無窮外，胃袋完全是個無底洞。
蒲松雅
秋墳二手租書店店長，二十五歲，單身。
對動物熱情，對人類卻相當冷漠。
由於過去被背叛的經歷，因此對人類的信任感很低，
但只要能取得他的信賴，就會為對方赴湯蹈火。

秋墳書店的工讀生。和胡媚兒一樣樂天熱情的他，卻很容易把別人的善意解讀為愛意。

秋墳書店的經營者。個性慵懶，令人難以捉摸，喜歡捉弄和騷擾蒲松雅。

汴閣高中學生，胡媚兒的報恩對象。性情溫和卻不擅與人交際，曾遭同學霸凌。有個無法說出口的秘密，連蒲松雅也無法突破她的心防。

建設公司老闆，在員工眼中是個寵溺孩子的好父親，相當擔心女兒長亭被人欺負。

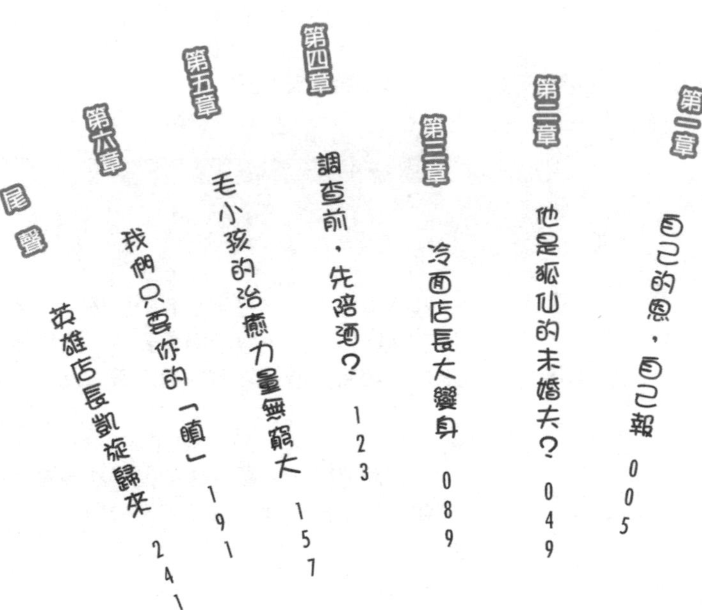

CONTENTS

SUNG YA NOTE VOL.2

自己的恩，自己報

秋墳二手租書店的店長——蒲松雅是個生活規律，且也喜歡規律生活的男人。

他每天規律的在早上六點起床，規律的刷牙洗臉餵貓餵狗，規律的吃早餐配《動物星球頻道》，再規律的於七點鐘牽狗上班去。

然後，他會規律的在七點半遇到做資源回收的觀老太太，從老太太手中接過手工饅頭、包子或不知該如何處理的宣傳手冊；最後規律的在八點整完成開店準備，迎接在外頭等待的社區長者。

規律的生活令蒲松雅安心，不過最近此種規律中，混入了他一點也不想規律出現的事物。

「到到到到達！」

秋墳書店的工讀生——現役大學生朱孝廉的人與聲音同時撞開玻璃門，他左手拎著背包，右手握著手搖杯飲料，一進門就瞧見蒲松雅惡狠狠的瞪著自己。

他僵在門口，先看看蒲松雅，再看看牆上的時鐘，縮起脖子低聲問：「店長，我應該沒有遲到或記錯班表吧？」

「沒有。」

蒲松雅回答，眼中的殺氣在確定來者是誰後消散，低下頭繼續看報紙。

這令朱孝廉感到疑惑，他走到櫃檯前，回想自己踏入店門的時間點，雙手一拍恍然大悟的問道：「店長，你在等小媚嗎？」

蒲松雅肩膀一震，險些把報紙撕破，他抬起頭怒視朱孝廉，問：「你說什麼鬼話！我為什麼要等那個笨狐狸？」

「為什麼……因為小媚這三週來，幾乎每天都會在這個時間點到店裡來啊。」

朱孝廉轉向座位區，朝木椅子上的老主顧們道：「對吧？陳阿姨、玉秋嬸、李大哥、林阿伯、金騎士。」

「小媚？」拿著鵝黃色保溫杯的陳阿姨抬頭回想道：「你是說那個小小一個，長得很可愛，老是蹦蹦跳跳的女孩子嗎？」

「那個女孩和店長很配啊，一個美女、一個帥哥。」圓滾滾的玉秋嬸邊打毛線邊笑道。

高壯的李大哥捧著武俠小說點頭道：「小媚是好女孩，松雅要珍惜人家，快點把人娶回去啊！」

「小媚怎麼還沒來？」白髮蒼蒼的林阿伯問，爬滿皺紋的臉中洋溢期待。

「汪汪汪！」蒲松雅的愛犬——黃金獵犬金騎士邊叫邊搖尾巴，不知道是本能反應，還是在附和林阿伯。

蒲松雅扭曲著臉看向老主顧們，愣住了足足一分鐘才站起來大喊：「我和胡媚兒那隻笨狐狸完全不是你們想……」

「什麼？誰叫我？」

第三者的聲音插入，一名嬌小的女子將身體探入書店內，左手握門把、右手拎紙袋，纖細的身軀因為彎腰而更顯俏皮，水汪汪的大眼掃視店內的人，玲瓏白皙的小臉上寫滿好奇。

「胡媚兒……」

蒲松雅喊出來者的名字，盯著這位連續三週固定在十點半踏入書店，並在過去一個半月以來擅自闖入，帶給他莫大麻煩的狐狸精。

沒錯，胡媚兒表面上是平面模特兒，實際上卻是個狐狸精——不是形容詞或人格意義上，是種族意義上的狐狸精。

她的本體是一隻棕狐，經過數百年的修行後修得人形，但是因為天性迷糊，在修行的路上欠下大量的恩情債，目前為了償還債務登上仙位，正在人間努力報恩中。

本來，無論胡媚兒是平面模特兒還是狐狸精——雖然胡媚兒堅持自己是狐仙——都不會與蒲松雅有交集。然而，上天在兩人之間安排了三個惡劣的偶然。

第一個偶然，是兩人住在同一棟公寓，彼此為樓上與樓下的鄰居關係。

第二個偶然，是胡媚兒喝醉酒，恢復原形倒在蒲松雅的家門口。

第三個偶然，是蒲松雅因為過去的遭遇，有著對人類冷酷，但對小動物卻無法放手的扭曲性格。

拜這三個偶然之賜，蒲松雅先收容喝到爛醉的胡媚兒，再因為對方可憐兮兮的眼神、下垂捲起的茸尾，以及自家寵物的倒戈說情下，心不甘情不願的幫助這位冒失的準狐仙報恩。

報恩的過程對蒲松雅而言，完全是段不堪回首的黑歷史。不過更令他臉色發黑的是，在結束這段黑歷史後，自己與胡媚兒的關係並沒有結束，對方反而像金魚大便一樣黏在身後，還莫名其妙養成每天早上十點半來書店報到的習慣。

「小媚！」朱孝廉將飲料與背包丟到櫃檯上，轉身奔向門口喊道：「妳終於出現了！店長因為妳沒來，正在失望呢！」

「你說誰失望了！」

蒲松雅拍桌站起來，手指朱孝廉與胡媚兒高聲道：「我是在高興進門的人是你而不是胡媚兒，想說這隻狐狸過了十點半還沒來，那麼今天大概不會來了，沒想到這隻煩死人的笨蛋狐狸還是給我跑來了！」

朱孝廉轉身皺眉道：「煩死人的笨蛋狐狸……店長，就算你一直是個嘴巴壞、脾氣糟，還很討厭人類的人，也不該這樣說小媚啊，太過分了！」

胡媚兒揮揮手，一臉輕鬆道：「孝廉沒關係啦，松雅先生就是這樣的人，我能理解，你不用為我生氣。」

「可是……」

「你願意為我講話，我很高興，但這樣就夠了，至於松雅先生部分……」胡媚兒左手扠腰，右手伸出食指輕晃道：「不是有人說過『難以贏得的東西，才有爭取的價值』嗎？所以我不會灰心，會繼續努力爭取松雅先生的愛！」

「什麼爭取我的愛，別用這種誤導人的字眼！」蒲松雅怒罵。

朱孝廉看看胡媚兒、再望望蒲松雅，倒退三步手掩胸口道：「啊啊啊啊啊——為什麼這麼好的女人，要配店長這麼凶又不溫柔的男人啊！這就是所謂的男人不壞女人不愛，人帥真

好嗎！」

陳阿姨端著保溫瓶笑道：「松雅真有福氣，碰到這種好女孩啊……」

「如果我兒子的女朋友也這麼乖巧就好了。」玉秋嬸望著天花板感嘆。

「小媚加油，李叔叔支持妳！」李大哥揮舞右手呼喊。

「呦，小媚妳終於來了，今天比較晚喔。」林阿伯後知後覺的打招呼。

「汪姆——」金騎士將前腳搭到胡媚兒身上，熱情的迎接朋友。

蒲松雅嘴角抽動，瞪著眼前喜孜孜的老顧客、滿臉嫉妒的工讀生，以及造成這一切誤解與麻煩的狐仙。嘖了一聲，他轉身坐下打開報紙，將一切言語擋在薄薄的紙張之後。

店內在蒲松雅拿報紙當隔音牆後恢復平靜，客人們繼續喝茶、打毛線、啃書或對著胡媚兒呵呵笑，難得準時到店的工讀生則跑到休息室內放包包、穿背心。

蒲松雅以耳朵捕捉這些動靜，他聽見有腳步聲由遠而近，以為有客人要借書，抬起頭卻瞧見胡媚兒笑咪咪的站在櫃檯前，脫下外套放到櫃檯上。

他盯著不知道在興奮什麼的狐仙，停頓幾秒後將目光放回社會版的頭條上。

這個舉動令胡媚兒的笑容崩塌，她先舉起雙手猛揮，再於櫃檯前左探頭右探頭，接著跳

上跳下拍手踏腳，竭盡所能的想引起蒲松雅的注意。

蒲松雅忽視胡媚兒的手、無視對方奇妙的舞蹈，不過當對方伸手東戳西戳報紙時，他的忍耐超過臨界點，將報紙對摺再對摺，敲向狐仙的頭道：「妳搞什麼東西啊！」

「嗚！」胡媚兒縮一下脖子，壓著頭頂可憐兮兮的道：「我沒有在搞什麼，我只是想讓松雅先生看看我嘛。」

「妳有什麼好看的？」

「怎、怎麼這樣說！我有很多地方都很好看啊，譬如……」

胡媚兒在蒲松雅面前轉一圈，彎腰做出送飛吻的動作，問：「……這樣，如何？」

蒲松雅冷臉注視胡媚兒嬌俏可人的模樣沒一秒，隨即抖開報紙垂下目光道：「我對靈長日智人種沒興趣。」

「欸欸欸！」

「怎麼了？小媚。」

朱孝廉聽見胡媚兒的喊聲，從休息室中走出來，一瞧見狐仙就睜大雙眼道：「這個是……小媚妳今天穿得不一樣呢，是有什麼特殊活動嗎？」

穿得不一樣？蒲松雅抬頭望向胡媚兒的頭部以下，狐仙穿的不是過去輕飄飄、粉色系的洋裝，而是剪裁俐落的暗紅色窄裙套裝。

胡媚兒注意到蒲松雅的視線，雙手搭上櫃檯期待的問：「如何？好不好看！」

蒲松雅皺皺眉低聲問：「這是……妳又在和哪個男人玩角色扮演遊戲？」

胡媚兒的手滑了一下，期待瞬間變成失望，她用力搖頭喊道：「才不是角色扮演遊戲，這是工作服，我的新工作服！」

朱孝廉插嘴問：「小媚接下來要拍俏麗女秘書特集？」

「不是！」胡媚兒高聲回答，惱怒的握拳搖晃身體道：「是家教！我接下家庭教師的工作。」

蒲松雅、朱孝廉與店內的客人們注視火大的狐仙，安靜兩、三秒後異口同聲大喊：「妳說什麼——」

胡媚兒嚇一大跳，左右轉頭錯愕的問：「怎怎怎麼了！我不能當家庭教師嗎？」

「妳為什麼覺得自己能？」蒲松雅尖銳的反問，指著胡媚兒的胸口毫不客氣的道：「妳冒失、少根筋、不會看氣氛說話，而且最重要的是腦袋不好，去當老師只會誤人子弟好嗎！」

「松、松雅先生好過分！」胡媚兒壓著看不見的狐耳吶喊。

朱孝廉舉起一隻手道：「店長一向很過分，但這次我同意他的說法。小媚，妳的角色應該是吉祥物，當老師實在是……美姿美儀或化妝的話應該不錯。」

「我是教數學，不是美姿美儀！」

「數學學學學學——」店內爆出第二次大合唱。

胡媚兒雙手扠腰不悅的道：「當然是數學啊，數學是我最擅長的學科，過去師父、師兄和師姐都叫我『數術小神狐』呢！」

「師父、師兄、師姐？」朱孝廉問。

「她有加入某個宗教慈善團體。」

蒲松雅果斷吐出謊言，再迅速彎腰從櫃檯下搬出一箱書，塞到朱孝廉手中道：「把這箱書放到『四本一百元』專區，然後順便把隔壁的二十元專區整理整理。」

「現在去？」

「你也可以先刷完廁所、拖完地板、擦完書櫃再去。」

「我現在就去。」朱孝廉捧著紙箱往書櫃跑。

蒲松雅目送朱孝廉走遠，朝胡媚兒勾勾手指，在對方靠過來時一掌往狐仙的頭拍下去。

「嗚哇哇哇松雅先生你在做什麼！」

「拍醒笨狐狸。」

蒲松雅壓低音量道：「別在外人面前提什麼數術、師父師兄的，妳想讓孝廉知道妳不是人，是狐狸精嗎？」

「我是狐仙不是狐狸精，我們狐仙是正正當當修行的好狐狸，狐狸精是偷吸別人精氣的壞狐狸！」

「總而言之妳不是人。我先警告妳，孝廉是個大嘴巴，萬一他知道妳的真實身分，不出兩個小時，整個社區的人都會發現妳是狐狸。」

「嗚！」

胡媚兒遮住自己的嘴巴，小心翼翼的側頭瞄朱孝廉。

蒲松雅嘆一口氣，坐回位子上，抖開報紙想繼續看新聞，腦中卻冒出一個極為不妙的猜測，他放下報紙第二次朝胡媚兒勾手指。

胡媚兒遲疑幾秒後，仍前傾身子把頭伸過去。

蒲松雅繃著臉問：「妳突然轉職家庭教師的原因，該不會是為了報恩吧？」

胡媚兒睜大雙眼點頭道：「就是啊，松雅先生你怎麼知道？」

「因為妳不是會心血來潮轉職的人。」

蒲松雅指著對方的鼻子道：「聽好了，上次的事是純粹的意外兼例外，我沒興趣再被扯進妖魔鬼怪的工作裡，妳如果碰上問題請自己處理，不准來找我，我不會管妳的死活。」

胡媚兒愣了幾秒，輕拍蒲松雅的肩膀笑道：「松雅先生你在說什麼，自己的恩當然是自己報，我不會來麻煩松雅先生。」

「妳有這個自覺就好。」

「我一直都很有自覺……啊，對了！」

胡媚兒側身拎起先前放在櫃檯邊的紙袋，將印有櫻花花紋的袋子放到桌面上道：「這是手工餅乾禮盒，請幫我轉交給二郎大人。」

「二郎大人……啊，妳說老闆啊。」

蒲松雅口中的「老闆」，是這間秋墳書店的擁有者——荷二郎。

荷二郎是充滿謎團的怪人，蒲松雅從大學時就在他手下工作，不過蒲松雅幾乎不知道自家老闆是哪裡人、過去做過什麼事、為什麼錄取他這個無比不適合服務業的人，只大概聽說過對方是大地主，嗜好是騷擾自家店員，以及收集白底粉荷樣式的服裝。

蒲松雅將紙袋放到背後的櫃子中，望向胡媚兒皺皺眉道：「妳這兩週幾乎每次來，都要我轉交禮物給老闆，妳有什麼特殊日的嗎？」

胡媚兒肩膀一繃，僵硬的揮舞雙手道：「松雅先生你想太多了啦，我只是看到好吃好喝的，就順道買一份來孝敬……我是說感謝松雅先生的老闆！」

「妳感謝我的老闆做什麼？」

蒲松雅挑眉瞄胡媚兒一眼，不等對方答話，就面色嚴峻的道：「看在朋友一場的分上，我提醒妳一聲，我家老闆是個身分背景皆不明，腦子裡不知道裝什麼的危險人物，別因為他長得美就被迷住了。」

「迷住了？」

胡媚兒的腦袋轉了三圈，才聽懂蒲松雅在暗示什麼，瞬間燒紅臉，她雙手撐上櫃檯，近距離看著蒲松雅道：「二郎大人可是、可是……啊啊啊！總之我們是不可能的，松雅先生不要亂想！」

「我也希望只是我的亂想啊，要不然等妳追求失敗被甩，我不曉得又得收容幾次爛醉的狐狸。」

「幾次？我一共也只有……只有醉倒在松雅先生家門口三次！」

「是五次。」蒲松雅的臉色轉黑，他又想起被胡媚兒吐得亂七八糟的陽臺。

「欸，有這麼多？」

「喝醉的人不長記性，喝醉的狐也……」

蒲松雅眼角餘光掃過書櫃區，瞧見朱孝廉站在櫃子前看著櫃檯發呆，他皺皺眉，拉長脖子問：「孝廉，書上完了嗎？」

「……」

「喂！你有聽到我的話嗎？」

「我、我……」

朱孝廉的雙眼被淚光籠罩，扭頭一面奔向廁所、一面吶喊：「假日要上班就夠悲慘了，居然還要忍受臉貼臉閃光彈攻擊，欺負光棍也得有個限度啊啊啊啊——」

「孝廉！」

胡媚兒高聲呼喚，卻沒能喊住朱孝廉，她也不方便追去男廁關心，只得轉身向蒲松雅問道：「松雅先生，孝廉怎麼了？」

「定期發作，不用在意。」

蒲松雅探頭瞄了書櫃旁的紙箱一眼，指著箱子向胡媚兒道：「妳沒事的話，就過去把書上架。」

「我去？那不是松雅先生的工作嗎？」

「是啊，但是妳既沒買書也沒借書，且這裡是租書店不是圖書館，不歡迎不掏錢包的客人，不想幫忙就給我出去。」

「……松雅先生好會使喚人。」

胡媚兒嘟著嘴走向書櫃，一面低聲抗議，一面把書一本一本放進櫃子裡。

蒲松雅從報紙頂端偷瞄胡媚兒，看著前方明明身穿幹練套裝，卻還是散發濃濃俏皮嬌美感的女狐仙，不由自主的擔心起來。

胡媚兒說她有能力自己報恩，但是……這有可能嗎？

▼※▲▼※▲▼※▲▼※▲

蒲松雅沒將心中的憂慮說出口，只是默默觀察胡媚兒。

胡媚兒照常三天兩頭就往秋墳書店跑，只是她臉上的笑容隨時間一點一滴消失，取而代之的是發呆與煩悶。

朱孝廉察覺到狐仙的變化，為了讓對方振作精神努力說笑話、買吃的喝的和胡媚兒同樂；蒲松雅也發現這點，為了自保啟動紅色警戒，他刻意避開任何與狐仙獨處的機會，默默在家中囤積保命物資。

胡媚兒沒有看出朱孝廉與蒲松雅的心思，她不知道前者的好意，更沒察覺到後者的戒備，只是沉浸在自己的煩惱中，越想處理問題卻越不知道怎麼處理。

而在如此惡性循環兩週後，胡媚兒終於找出答案——一個讓蒲松雅憂慮成真的答案。

「好好好，騎士乖乖，到家再給你牛奶骨頭。」

蒲松稚輕拍愛犬的頭，他剛剛去寵物店領洗乾淨的金騎士，順道買些貓狗零嘴，一人一狗踏著水泥階梯回家。

蒲松稚在距離家門六個階梯時，背脊突然竄起寒意，他停下腳步將頭往右轉，小心翼翼的往自家大門看去，就瞧見胡媚兒雙手抱膝坐在鐵門前。他僵在階梯上，還沒在逃跑與前進中做出選擇，左手邊的金騎士就汪嗚一聲，搖著尾巴奔到胡媚兒面前。

蒲松稚看著愛犬對胡媚兒又舔又撞，雙眼穿過金色的長毛與狐仙四目相交，垮下肩膀舉步登上樓梯。

胡媚兒望著蒲松雅先開口再閉口，掙扎了好一會才輕聲道：「松雅先生，我……」

「吃過了嗎？」

「欸？」

「我問妳，吃過晚餐了嗎？」蒲松雅問著，同時將鑰匙插入門鎖內道：「沒有的話就進來，我冰箱裡還有些剩飯剩菜，不介意味道的話，熱一熱就能吃了。」

胡媚兒的糾結瞬間轉為感動，她推開金騎士，一把抱住蒲松雅的腰大喊：「我不介意！我最喜歡松雅先生家的剩飯了！」

「別隨便撲到我身上！」

蒲松雅扯開胡媚兒，扭動鑰匙打開大門道：「還有，不要那麼大聲的喊『我愛剩飯』，妳是哪裡來的餓死鬼啊？」

「從松雅先生家的樓上來的。」

「那可以請妳飄回樓上嗎？」蒲松雅翻白眼道。

「才不要！難得松雅先生邀我吃飯，我要大吃大喝，吃到肚子變成球再回家！」

「我只是邀妳幫我解決剩飯，才不是邀妳吃飯。」

兩人邊說話邊走進屋中，蒲松雅先在陽臺的小水槽替金騎士洗腳，再進到廚房替自己、寵物們與胡媚兒弄晚餐；胡媚兒則是喜孜孜的拉開紗門跨進客廳，坐在沙發椅上開開心心的哼歌晃腦。

蒲家的三隻四足居民——三色貓花夫人、黑貓黑勇者和黃金獵犬金騎士也待在客廳，兩貓一犬開心的和胡媚兒聊天打鬧，一連串喵喵汪汪嗚嗚聲從客廳湧至廚房，和咕嚕咕嚕的水聲混合。

蒲松雅一面攪拌排骨湯、一面往客廳望，在經過兩個多月的相處後，他對「一個看似女

性人類的生物，不停用汪喵嗚外加甩頭、扭臀等肢體動作與貓狗溝通」這種詭異的畫面，已經有相當高的免疫力。

只是對畫面免疫歸免疫，這三加一隻聊大製造的聲音，蒲松雅卻怎麼也適應不了，他很快就忍不住轉頭吼道：「喂，胡媚兒妳小聲一點，鄰居會抗議！」

「汪嚎——」

「喵嗚——」

「給我說人話！」

「知道了！」

胡媚兒回答，但只安靜不到五分鐘，就恢復原本的音量。

蒲松雅只能加快煮飯的速度，拿食物塞住外頭的四張嘴。他快速切菜、剁肉、丟豆腐、熱貓狗食，像在挑戰電視節目中的「十分鐘燒好三菜一湯」單元般，以有生以來的最高速端出兩人三隻份的晚餐。

胡媚兒與貓狗循著食物的香味來到桌邊，然後因為蒲松雅一句「坐下！」，同時停止前進坐在椅子上或地上，睜著閃亮亮的大眼等飼主放飯。

蒲松雅把碗公、鐵狗碗與瓷貓碗依序擺好，在貓狗狐狸稀里呼嚕的扒飯聲中走到自己的座位，坐下來慢條斯理的添飯夾菜。

拜彼此的速度差之賜，胡媚兒與蒲松雅嚥進肚裡的食物量雖然是三比一，兩人卻在差不多的時間吃飽。

蒲松雅端著空碗空盤到廚房清洗，聽著外頭的電視與喵汪聲，在收拾好一切後走到客廳。他瞄了胡媚兒一眼——狐仙窩在沙發上大笑，隨後他裝出若無其事的樣子道：「已經八點了，妳差不多該回去洗澡睡覺了吧？」

「我等廣告時間再上去。」

「等廣告……妳是哪來的電視兒童啊？」

蒲松雅嘴巴上抱怨，卻罕見的沒動手趕人，耐心等到節目轉入廣告，才拍拍胡媚兒的肩膀催促。

胡媚兒心不甘情不願的起身，拉開紗門跨出門檻，握住大門門把正要將門打開時，猛然想起自己的目的，鬆手急轉身道：「松雅先生，我今天不是來吃飯看電視的，我是來……」

「妳對櫻桃啤酒有興趣嗎？」

蒲松雅手中不知何時多了一瓶啤酒，晃晃印有鮮紅櫻桃的酒瓶道：「這是前陣子店裡的客人開團購時買太多，所以送我一些，我對酒沒興趣，妳想喝嗎？」

「我想……不不不不！我不是來喝酒的，松雅先生……」

「喝過的客人說，這種酒的口感滑順香甜，感覺像是在喝香檳，她之前喝過一次就忘不了，所以才開團找人一起買。」

「欸？像香檳的啤……啊不對，酒先放一邊，我有要緊的事……」

「啵！」

蒲松雅撬開啤酒蓋，白色酒沫立刻湧出沾濕他的手，芬芳酒香瀰漫於空氣中。他刻意看向胡媚兒，問：「不想喝嗎？」

「我、我……」胡媚兒肩膀微顫，右腳不自覺的轉向客廳。

蒲松雅舔舔手上的酒泡，勾著淺笑道：「味道很不錯喔，冰冰涼涼甘醇潤喉。」

胡媚兒腦中閃過一陣白光，三步併作兩步衝進客廳，搶下蒲松雅手中的啤酒，仰頭一口氣喝掉半瓶。

「好喝！果然吃飽後喝冰啤酒最棒了！」

「妳喜歡的話，我家裡有一打酒，還有些豆干、魷魚絲、洋芋片之類的下酒菜。」

「我喜歡我喜歡我超級喜歡！」

胡媚兒灌完剩下的半瓶酒，頭頂冒出棕色狐耳，裙底垂下蓬鬆尾巴，待蒲松雅把啤酒與零嘴放上桌，就嚎嗚一聲撲上去大吃大喝。

她的眼中只有美味的啤酒與香酥的點心，以至於完全沒發現拿出這些食物的人類，眼中閃著邪惡的光輝。

▼※▲▼※▲▼※▲▼※▲

蒲松雅不知道胡媚兒喝到幾點，他在十一點左右就被自家貓咪喵回床上就寢，摸著毛茸茸、暖呼呼的貓兒一覺到天明。當他起床再次踏入客廳時，客廳裡除了十二個空酒瓶、數十包空零嘴袋外，還有睡到翻肚子的愛犬與棕狐形態的胡媚兒。

金騎士聽見主人的腳步聲，醒了過來，起身搖尾巴，牠本想把胡媚兒叫醒，但是被蒲松雅手中的飼料引走注意力，很快就忘記朋友的存在。

蒲松雅拿毯子蓋住渾身酒味的狐狸，輕手輕腳的刷牙洗臉完後，拎起側背包牽著金騎士到書店上班，一如往常做完開店準備，坐下來看早報等客人。

早上送完孫子、孩子上學的婆婆媽媽叔叔爺爺一一進店，不少人在到櫃檯買飲料或刷書時愣住，幾秒後才帶著驚奇的表情離去。

蒲松雅沒察覺到客人們的異常反應，直到朱孝廉前來上班，站在櫃檯前久久不走，他才放下報紙抬頭問：「有事嗎？」

朱孝廉本想說沒有，但最終還是壓抑不住好奇心問：「發生什麼好事了嗎？」

「為什麼這麼問？」

「因為你在哼歌。」一名老顧客在座位區回答，指指自己的臉道：「而且面帶微笑，看起來心情很好。」

另一名老顧客探頭問：「是中獎了，還是和小媚有進展？」

「我沒有中獎，而且我和胡媚兒也沒……」蒲松雅閉上嘴，頓了幾秒後勾起嘴角尖銳的笑道：「沒有任何進展，不過我身上的『好事』，是與她有點關係。」

「什麼關係？」店內的人同聲道。

「無可奉……」

蒲松雅話說到一半，店門就「碰」一聲打開，眾人話中的另一名主角——胡媚兒衣衫凌亂、頭髮分岔的站在門口，明媚大眼中寫滿悲憤。

朱孝廉雙眼一亮，走向門口驚喜的問：「小媚！現在才九點多，妳怎麼就來……」

「松雅先生！」

胡媚兒無視朱孝廉的存在，跨大步與大學生擦肩而過，站到櫃檯前俯瞰蒲松雅，支支吾吾的說道：「你、你昨晚……你昨晚是……」

「是故意的。」蒲松雅補完，也答完胡媚兒的問題。

胡媚兒的臉一下子刷白，抖著肩膀注視蒲松雅道：「我……我昨天可是很高興喔，松雅先生難得邀我吃晚餐，還那麼溫柔的請我喝酒、陪我看電視，但是居然、居然……」

「是故意的。」蒲松雅重複道，臉上掛著十分傷害少女心的冷笑。

胡媚兒嗚咽一聲，雙手拍上桌子道：「太過分了！我可是有很要緊的事想拜託松雅先生，松雅先生居然耍手段，騙我吃飯喝酒嗑乖乖最後不醒人事，忘記自己要說的事！」

「妳長了一顆金魚腦袋是我的錯嗎？」

「等等等一下！」朱孝廉強行插入兩人之間，緊繃著臉認真的問：「我想確定幾件事。小媚，店長昨天邀妳吃晚餐？」

「松雅先生請我到他家吃晚餐。」胡媚兒回答。

「是礙於情勢被迫請她吃晚餐。」蒲松雅單手支著頭道。

朱孝廉的嘴角抽動兩下，強壓下情緒繼續問：「然後，店長使用奸計，拿出酒和食物把小媚灌醉了？」

「是這樣沒錯。櫻桃啤酒真的好好喝……」胡媚兒仰著頭回味。

「我才沒有使用什麼奸計，我是堂堂正正的灌她酒。」蒲松雅不悅的澄清。

朱孝廉胸口一縮，忍著椎心劇痛問：「然後……然後如果我沒有誤會的話，小媚在店長家的床上過夜了？」

「嗯，不知不覺我就睡到天亮。」胡媚兒點頭道。

「正確來說，是在我家的地板上過夜。」蒲松雅糾正。

朱孝廉的雙眼緩緩睜大，晃動兩下趴在櫃檯上道：「是嗎？是這樣嗎！老天爺到底要折磨我到什麼地步，天天當著我的面放閃就算了，居然還光明正大的在我面前，炫耀自己已經奔回本壘了！」

「本壘？」胡媚兒問。

「你嚴重誤會了吧？」蒲松雅瞪著朱孝廉，指著胡媚兒的臉道：「我灌她酒的原因，和你腦中那些齷齪假設完全沾不上邊，更沒有把你腦子裡的想像付諸實行過。」

朱孝廉瞬間抬起頭，抓住蒲松雅的手問：「真的？你們什麼都沒做？」

「你為什麼會覺得我們有做？」蒲松雅反問，強行抽出自己的手道：「我之所以把她灌醉，只是想引開她的注意力，讓她忘記本來的目的罷了。」

「本來的目的？」朱孝廉轉向胡媚兒問。

胡媚兒道：「我的目的是……」

「停！」蒲松雅強硬打斷胡媚兒，厲眼盯著狐仙道：「我知道妳想拜託我什麼，我直接回答妳——免談！」

「嗚！」胡媚兒縮肩往後彈。

「妳『嗚』什麼？先前是誰說『自己的恩當然是自己報』啊？一言既出駟馬難追，不管妳是不是君子還是呆子都一樣。」

「是我說的。」胡媚兒低下頭，但馬上就恢復振作道：「但是、但是這次情況特殊啊！沒有松雅先生幫忙的話，可能會出人……」

「我不聽、我不聽、我不聽、我不聽。」蒲松雅掩著耳朵，擺出完全拒絕的態度。

「松雅先生！」

朱孝廉看看反應激動的兩人，皺起雙眉不解的問：「你們在說什麼？小媚想請店長做什麼事？」

「是幫助人的事。」胡媚兒慎重的回答。

「是宇宙無敵霹靂麻煩的事。」蒲松雅撇開頭不耐煩道。

朱孝廉聽得滿腦子問號，不過他雖然搞不清楚狀況，卻很清楚自己不能坐視可愛的女孩獨自苦惱，所以儘管情勢不明、內容不知、詳細不曉得，他仍毫不猶豫的拍胸道：「我明白了，如果店長不願意幫小媚，就由我來幫助小媚吧！」

胡媚兒猛然回頭，握住朱孝廉的雙手，踮腳逼近對方的臉問：「真的嗎？孝廉你願意幫助我？」

朱孝廉的胸口竄起一陣熱流，紅著臉用力反握道：「當然，小媚是我的朋友，朋友的事

就是我的事，雖然我不知道妳要我幫什麼事。」

蒲松雅在兩人背後低聲道：「不知道要幫什麼就答應幫忙，萬一她要你賣腎還是捐心臟怎麼辦？」

「為了小媚，我可以！」朱孝廉義無反顧的回答。

「松雅先生需要換心和換腎？」胡媚兒睜大眼睛問。

「你們兩個的腦子和耳朵出了什麼問題！」蒲松雅嘴角抽搐，拿起報紙道：「總之，我不會幫妳，妳都三……都已經是成年人，不是小姑娘了，自己的事自己處理。」

朱孝廉雙手扠腰道：「和店長的年齡相比，小媚當然是小姑娘啊！」

「你對我們兩個的年齡，有像太平洋一樣大的誤判。」蒲松雅瞪了朱孝廉一眼，低下頭擺出「生人迴避、我要看報」的姿態。

朱孝廉和胡媚兒見蒲松雅開始散發殺氣，對看一眼後默默退到角落，站在書櫃與桌椅間交頭接耳。

胡媚兒與朱孝廉談了整整一個小時。

蒲松雅不知道兩人談了什麼，只看到他們神清氣爽的走回來。他對他們的變化湧起一絲

好奇，但又怕擅自刺探會給胡媚兒機會拖自己下水，最後還是什麼都沒問。

事實證明，這是個錯誤的決定。

▼※▲▼※▲▼※▲▼※▲

「呼啊好熱！冷氣、冷氣、冷氣！」

「店長！我訂的書到了沒？」

「喔喔喔喔沙發區還有位子！」

「《少年快報》啊啊——」

傍晚放學時分，國高中生湧進秋墳書店，在櫃檯前、書櫃間、座位區中嘻笑翻書，玩鬧一陣後才慢慢安靜下來。

蒲松雅在經過近一個小時的忙碌後，總算能坐下來休息，他拿起看到一半的小冊子，抽出書籤繼續閱讀。

不過他才看沒兩頁，頭頂就罩上陰影，下一秒就被胡媚兒正面撲倒。

「松、雅、先、生！」

胡媚兒雙手圈住蒲松雅的脖子，上身橫在櫃檯之上，蹺起一隻腳開心的道：「我來看你囉！有沒有很驚喜？」

「是很驚嚇！」

蒲松雅一隻手壓在右側櫃子上，驚險的維持住自己與椅子的平衡，「妳怎麼會在這個時間出現！誰准妳一天到店裡來兩次的？」

「我來送飯給你啊！」

胡媚兒放開蒲松雅，從旁人手中接過兩個塑膠袋，將其中一個袋子放到櫃檯上道：「巨無霸豬排丼，而且為了兼顧健康，我加點了和風沙拉喔。」

「如果要顧健康，一開始就不該點巨無霸豬排丼吧？再說，都已經是巨無霸了，妳還加點是想撐死我嗎？」

「松雅先生吃不下的話，我可以幫你吃。」

胡媚兒看看左右問：「孝廉呢？我也有買他的分，不過沒有加沙拉。」

「那傢伙在後面的倉庫整理書。」

「我去找他。」

胡媚兒點點頭，她伸手握住替自己提袋子的人，將人拉過來道：「對了，松雅先生，這位是我的朋友翁長亭，在我回來前，可以請你陪她聊聊天嗎？」

「這裡是租書店，不是牛郎店或執事店。」

「別這麼無情嘛，長亭是好女孩，不會麻煩到松雅先生。我走囉！長亭就拜託你了！」

「喂！」

蒲松雅抬頭大喊，可惜胡媚兒已經轉身奔向倉庫，一眨眼就跑得不見人影，於是他只能無奈的放棄抓狐狸，萬般不甘願的轉頭注視狐仙帶來的人。

此人是一名少女。

少女穿著某所高中的制服，身高比胡媚兒高，但是手腳和軀幹比狐仙更纖細；她皮膚白皙、五官秀麗，卻少了點同年齡少女的活力，眉宇之間罩著一層淡淡的憂鬱；漆黑長髮披肩而下，唯一的裝飾是頭上的鮮紅髮圈，而這也是少女身上唯一比較顯眼的地方。

如果說胡媚兒是嬌小明亮的黃色風信子，那麼這名少女就是含蓄垂首的白百合。同為美人，但氣質完全不同。

「您好。」少女向蒲松雅點點頭，低垂著雙眼輕聲道：「我是翁長亭，目前就讀於私立汴閣高中，很高興認識你。」

「妳好，我是蒲松雅，秋墳書店的店長。」

蒲松雅邊說話，邊將翁長亭從頭到腳看過一輪。

現在明明是夏天，少女卻穿著長袖制服和套頭衫，袖子也不像其他人一樣高高捲起，反而長到蓋過手腕；此外，她的裙底下穿的也不是短襪，而是瞧不見膚色的黑褲襪，光是看著就叫人覺得悶熱。

蒲松雅微微蹙眉，想問對方會不會穿太多，可又覺得這麼問太過冒犯，於是他換個方式關心道：「今天的天氣挺悶，要來罐冰茶嗎？」

「不用麻煩了，我只是……」

「我請客。」

蒲松雅起身走到一旁的飲料櫃，打開透明櫃門拿出罐裝綠茶，回到檯前遞給翁長亭。

翁長亭遲疑了一下才伸出手，細長的手指掐住罐緣，再迅速收回自己的手與綠茶。然而她抓得太淺又收得太急，結果中途就讓飲料罐從手中滑落。

「小心！」

蒲松雅前傾上身接住綠茶，這個動作讓他與翁長亭的距離大幅縮短，伸長的手臂與少女的上衣僅有十多公分的間隔。

翁長亭的眼睛瞬間瞪大，抓住衣領連退三步，一臉驚恐的注視蒲松雅。

蒲松雅被翁長亭的動作嚇到，他維持接綠茶的姿勢，雙眼凝視宛如驚弓之鳥的少女片刻，緩緩退回櫃檯內道：「抱歉，我只想著要接東西，沒注意到這麼做會碰到妳，如有冒犯還請見諒。」

翁長亭肩膀一震回過神，放下手低著頭道：「沒、沒關係，不！是對不起，都是我的錯，非常、非常對不……」

「我把茶放在這裡。」

蒲松雅打斷零零落落的道歉，他將綠茶放至櫃檯邊緣，坐回椅子上道：「不過我們店裡的吸管正巧用完了，妳可以直接喝吧？」

「……謝謝，我可以。」

翁長亭回到櫃檯前，拿起綠茶拉開拉環以口就罐，仰著頭一口一口將冰涼的茶水嚥下。

蒲松雅拿起看了一半的手冊，但視線卻沒有放在書頁上，而是落在翁長亭的袖口與領口附近。

翁長亭只喝了三口就將罐子放下來，她本能的避開蒲松雅的眼睛，因此完全沒發現對方盯著自己看。

蒲松雅默默收回目光，指著前方的座位區道：「我想，胡媚兒恐怕一時半刻還回不來，妳要不要找個位子坐著休息？」

「好，謝謝你的好意。」

翁長亭再次向蒲松雅點頭道謝，她走到櫃檯前方的桌椅，坐在兩團高中生的小圈圈之間，從書包中拿出課本安靜閱讀。

蒲松雅遠望著翁長亭，微微瞇起眼觀察對方，直到被人輕拍右肩才回神。

「呦店長，上班發呆啊？」

朱孝廉捧著豬排丼，和胡媚兒一起站在櫃檯前，看著嚇一跳的蒲松雅問：「你和長亭見過面了吧？覺得她怎麼樣？很可愛吧！」

「……」

「松雅先生？」胡媚兒問。

蒲松雅陰沉的望了胡媚兒一眼，勾勾手指要狐仙靠過來，壓低音量問：「妳和那個女孩的交情如何？」

「交情？」

「我問妳和她熟還是不熟？熟的話，是熟到哪種程度？」

「熟啊，長亭是我的學……」

胡媚兒突然被朱孝廉撞一下，停頓一秒趕緊改口道：「學校認識的朋友，雖然認識不久，但是我們很親密。」

蒲松雅皺皺眉，雙手抱胸靠著椅背低語：「親密但認識不久嗎？這可難處理了。」

朱孝廉不解的問：「難處理？這是什麼意思？」

「那個女孩可能……」蒲松雅話說到一半就停下來，搖搖頭轉開目光道：「還是算了，把這種沒證據的猜測說出來，只會造成當事人的困擾，而且以你們的交情，也不太可能插手這種事。」

「什麼困擾、什麼插手？店長你在說什麼東西？」

「松雅先生看出什麼端倪了嗎？」胡媚兒前傾身子，一下子逼近蒲松雅的臉。

蒲松雅整個人僵住，將椅子往後滑半尺，「……沒什麼，只是些含糊、不值一提的猜想……」

「店長！」

「松雅先生！」

蒲松雅承受朱孝廉與胡媚兒的吼聲與注目，抵抗了好一會，終究拗不過兩人道：「我只是……只是有點懷疑，翁長亭是不是有遭到某人虐待。」

「虐、虐待！」

胡媚兒先高喊，再因為蒲松雅的瞪視，緊急壓下聲音問：「為什麼這麼覺得？你從哪邊看出長亭被虐待了？是誰虐待長亭？為什麼要虐待她！」

「妳冷靜點！一口氣丟出那麼多個問題，要我怎麼回答？」蒲松雅拿小冊子拍胡媚兒的頭。

胡媚兒雙手壓住頭頂，後退一步縮著脖子道：「那……先回答第一個問題？」

「第一？結果妳還是打算一口氣問嘛……算了。」

蒲松雅放下小冊子，認命的開始解釋：「我一開始只是覺得她在這種天氣穿長袖、高領外加褲襪挺怪的，但是每個人的體質不同，所以我沒多想，直到之後拿飲料給她時，她的反應實在太大，我才覺得不對勁。」

「反應很大？店長你對長亭做了什麼？」

「只是接住她沒拿好的飲料罐，然後差點碰到她的衣服罷了，你想到哪去了？」

蒲松雅瞪不肖工讀生一眼，瞄向翁長亭繼續道：「當時翁長亭整個人往後彈，露出非常驚恐的樣子，這個舉動太奇怪，我才起疑心。」

「被嚇到和穿太多不對嗎？」胡媚兒蹙眉道：「長亭是很害羞怕生的人，我剛認識她時，也費了一番功夫才讓她信任我，至於長亭為什麼穿那麼多，那是因為她的身體虛，一吹到風就會著涼，因此才包得緊緊的啊。」

「我有想過妳的解釋，但是直覺認為沒這麼簡單。」蒲松雅靠上椅背，指了指自己的袖口道：「所以我騙她店裡沒吸管，引誘她仰頭抬手——這個動作會讓皮膚多露出一點，我想找看看上面有沒有傷。」

「有找到嗎？」胡媚兒和朱孝廉同問。

「我不確定有沒有，我是有看到一些微紅或微紫的痕跡，但是範圍太小又太模糊，也有可能是陰影或我看錯。」

蒲松雅再次將視線投向翁長亭道：「除了看手和脖子外，我還刻意請翁長亭去座位區休息，偷偷觀察她和其他人的互動，結果發現她不會被同齡者嚇到，但如果是比自己年長的人突然靠近，她會馬上像小兔子一樣彈起來。」

「店長你的眼睛一如往常，利得跟開山刀一樣啊！」朱孝廉半是讚美半是埋怨的讚嘆，單手扠腰質疑道：「不過在夏天包得緊緊的、害怕成年人，這樣就是有被虐待嗎？」

「不一定，如胡媚兒所言，夏天包太緊可能是怕冷，或是不幸感冒生病；而害怕成年人也許是怕生、潔癖或其他原因，總之有很多可能。」

蒲松雅將手中的小冊子立起道：「而我所做的推測——翁長亭可能遭受虐待，也只是基於這本書的內容，還有我自己的直覺做出的推測，沒有半點直接證據。」

胡媚兒與朱孝廉低下頭，一同唸出小冊子封面上的文字：「《幽影中的花苞：受虐兒救護手冊》？」

「這是我今天上班時，從觀老太太那裡拿到的。觀老太太送我她做的包子，結果塑膠袋

中除了包子，還有這本小冊子。」

蒲松雅翻開冊子唸出裡頭的文字：「遭受虐待的孩童，可能會有下列行為特徵：恐懼或害怕與成人接觸、性格退縮、意圖以衣物遮蔽傷處、容易自疚……總共有二十幾項，想知道全部的話自己拿去看。」

胡媚兒接下小冊子，閱讀到一半就臉色轉青，瞪著冊子上的文字一動也不動的站著。

朱孝廉湊過去，將冊子上的項目掃過一輪，停在令胡媚兒僵直的描述上問：「課業成績退步……小媚，長亭的成績有倒退嗎？」

胡媚兒緩緩點頭道：「長亭的父親就是因為長亭成績退步，才找我來當家教。」

「家教？」

蒲松雅的聲音拉高，看著同時僵硬的狐仙與自家工讀生，迅速將腦中的線索拼成畫面：兩人因為蒲松雅不願意幫忙，就直接把胡媚兒報恩的對象——她的家教學生翁長亭——帶到店裡，拐騙蒲松雅照顧少女，讓對方不知不覺出手相助。

蒲松雅的眼中冒出火焰，瞪著兩人咬牙切齒道：「你們兩個……竟敢聯手設計我！」

朱孝廉趕緊揮手道：「不不不，我絕對沒有設計店長的意思，我只是介紹好女孩給店長，然後這個好女孩正好是小媚的學生。」

胡媚兒九十度鞠躬道：「對不起、對不起，松雅先生對不起！我們不想欺騙你，實在是走投無路下才出此下策，雖然這個計畫是孝廉提議的，但是我願意承擔一切責任，請不要追究孝廉！」

朱孝廉倒抽一口氣道：「小、小媚！妳怎麼全說出來了？這樣店長一定會找我算……噗嚕！」

蒲松雅以書作捲敲朱孝廉的頭，雙手抱胸殺氣騰騰的道：「你們兩個做出這種鬼事，應該有所覺悟了吧？」

朱孝廉的額頭滑過冷汗，張著口僵硬片刻後，雙手拍上櫃檯豁出去道：「店長，我們是有苦衷的啊！如果不這麼做，長亭很有可能活不過兩個月。」

「……絕症病患請洽各大醫院。」

「長亭不是生病啦，她是……是什麼？」朱孝廉轉頭看胡媚兒。

「將遭遇死劫。」胡媚兒面色凝重的道：「我替長亭做了一次占卜，占卜結果說長亭兩個月內會有死劫，只有提前找出犯劫的原因才能生還。但是我和她相處了三週，卻一直找不

出原因。」

「送她去做健康檢查如何？」蒲松雅一臉無趣的問。

「店長，長亭上個月才做過貴死人的私人診所健康檢查喔。」朱孝廉揮揮手道：「結果除了體重稍微過輕外，血液、尿液、腸道……等等一堆項目都在正常值內，唯一讓人意外的，只有她的胸部比目視還大。」

「我對翁長亭的胸部大小毫無興趣。」

蒲松雅瞪朱孝廉一眼，本想再次聲明自己不想插手胡媚兒的麻煩事，但翁長亭懦怯、宛如受驚小鳥的身影卻闖入腦中，擋下了拒絕之語。

他一方面厭惡且不信任人類，但另一方面又無法冷酷的看著對方身亡——至少是當蒲松雅已經記住對方的名字、聲音與臉蛋時。

朱孝廉沒看出蒲松雅的掙扎，但卻說出推動對方的話：「店長，設計拐你是我不對，你要怎麼處罰我都行，但是拜託你救救長亭，她才十七歲，又是個溫柔的美人，就這麼死了太不公平了。」

「……」

「我和小媚觀察了快一個禮拜，都沒看出個端倪，結果你只相處不到五分鐘就摸清楚發生什麼事。」

「……」

「我求你了店長！這可是攸關人命的大事啊！為了讓長亭平平安安的長大，從美少女變成美豔熟女，我們需要你的力量。」

「店長，我……嗚！」

蒲松雅第二次拿書敲朱孝廉，以書角指著對方的鼻子道：「首先，我沒有摸清楚發生什麼事，只是猜測翁長亭可能發生了什麼事，而這種猜測和妄想、空想、胡思亂想沒兩樣；第二，我不願意擔負任何人的生死，更不保證自己能或不能救翁長亭。」

胡媚兒臉上綻放出笑容，跳起來雀躍的道：「沒關係！只要松雅先生出手，那就是勝利的保證！」

「妳有認真聽我講的話嗎？」

蒲松雅嘴角抽搐，他的目光在胡媚兒與朱孝廉之間流轉，最後停在工讀生身上問：「你知道胡媚兒會占卜？」

「是啊，小媚第一時間就告訴我了。」朱孝廉點頭。

蒲松雅垮下肩膀，嘆一口氣細聲問：「那……你知道她是什麼？」

「我當然知道！」朱孝廉雙手扠腰，一臉自豪的回答：「小媚她是——被星球之力選上，愛與正義的魔法少女！」

「……」

「怎麼了？店長你不知道嗎！」朱孝廉睜大雙眼，嘿嘿嘿低笑幾聲道：「這可不行啊店長，作為男友不及格喔！」

蒲松雅張口又閉口，反覆數次後轉向胡媚兒問：「你告訴這傢伙，妳是魔法少女？」

「是，因為松雅先生交代過……」胡媚兒舉起右手，在自己的脖子與嘴巴附近比劃，試圖以手勢傳達「我有聽你的話保密」。

「小媚是魔法少女，我居然能親身和魔法少女接觸，太令人興奮了！」朱孝廉依舊沉浸在認識魔法少女的喜悅中。

蒲松雅感到一陣無力，翻白眼低頭看書道：「你的腎遲早會被女人騙走。」

第一章

他是狐仙的未婚夫？

蒲松雅雖然看出翁長亭遭受虐待——儘管他認為這只是自己的猜測——但仍無法鎖定下手的人是誰。

正確來說，是蒲松雅鎖定的第一嫌疑人，對「拯救翁長亭小隊」中其餘兩人而言，是最沒有嫌疑的對象。

「根據美國的統計資料，百分之八十九的被虐兒是被自己極為親近、本該信任的人——諸如父母親——虐待。」

蒲松雅坐在速食店內，低頭唸完小冊子上的文字，一臉無趣的做出結論：「所以，第一嫌疑人是她的家人，去打一一三家暴專線，找社工或警察調查她爸媽，結案。」

「……」

「……」

「怎麼了？有意見就說出來，別死死盯著我。」

「也不是有意見，只是……」

朱孝廉停頓幾秒，轉向胡媚兒道：「就我所知，長亭的父親很寵長亭，對吧？小媚。」

胡媚兒點頭回答：「沒錯，翁藪先生很疼愛長亭，儘管他是單親爸爸，平常還要管理建

設公司，但是他每天都會回家和長亭一起吃晚餐，而且只要我想找他談長亭的事，他再忙都會擠出時間來。」

朱孝廉補充道：「而且翁藪先生看起來很紳士、很幽默。小媚帶我去見過他兩次，他一點也不像會虐待女兒的人，光憑統計資料就懷疑她老爸，是不是太簡單了？」

蒲松雅雙眉微蹙。老實說，他毫不信任胡媚兒與朱孝廉的觀察力，更不信什麼「家人不會傷害家人」這種鬼話，但是單靠統計資料就把矛頭對準翁長亭的父親，這的確太過輕率。

他思索片刻，闔上小冊子做出決定道：「胡媚兒，找個藉口讓我有機會接近翁長亭的父親，而且最好能在他家裡見面。」

「交給我！我會儘快安排！」

胡媚兒拍胸保證，而她也迅速達成了這個保證，在三天後帶蒲松雅前往翁家父女居住的別墅。

▼※▲▼※▲▼※▲▼※▲

「松雅先生小心！我要左轉囉。」

「……」

「松雅先生注意！我要右轉囉。」

「……」

「松雅先生留神！我要煞……嗚嗚嗚！」

胡媚兒扶著自己的安全帽，趁紅燈時間回頭向後座的人道：「松雅先生，你怎麼在行進間撞我，這很危險的耶！」

「因為妳太吵了。」蒲松雅板著臉回答。

他剛剛用頭敲胡媚兒，黑色防風鏡安全帽撞上橘子色狐狸圓帽，成功堵住狐仙的嘴，卻也撞痛自己的額頭，導致人類的心情變得更糟糕。

導致蒲松雅心情糟糕的原因有兩個：

第一，他難得休假，卻無法待在家裡陪毛小孩。

第二，胡媚兒挑選的交通工具令他非常尷尬。

蒲松雅本以為他們會搭計程車或公車前往翁家，結果胡媚兒卻牽了一輛限量凱蒂貓機車

來接他。不過，令他感到棘手的不是凱蒂貓機車，也不是機車駕駛是胡媚兒，而是這輛機車的前後座距離太近了。

蒲松雅兩手緊抓著車尾後方的把手，盡可能遠離胡媚兒的身體，可是每當機車轉彎、煞車或加速時，自己的衣衫仍會掃過對方的背脊。

如果胡媚兒是狐狸形態就算了，自己洗過抱過的貓狗加起來至少四、五十隻，但此刻胡媚兒是個散發淡淡百合香的妙齡女子，蒲松雅雖然不至於起什麼不妙的反應，可是整個人仍尷尬得要命。

胡媚兒有察覺到這點，卻誤解蒲松雅在糾結什麼，她挺起腰桿靠向蒲松雅道：「松雅先生，你還是抓住我的腰吧，不用客氣，你都看過我的真身，還替我洗過內衣內……嗚嗚嗚！松雅先生你又撞我！」

「別在大馬路上喊那四個字！還有綠燈了，快點前進！」

「我又沒有用喊的……」胡媚兒嘟嘟嘴，催下油門往前騎去。

凱蒂貓機車載著兩人脫離市區進入郊區，周圍的景物從高樓大廈轉為十多年歷史的舊公寓，平緩的柏油路也慢慢拉高，從平地進入丘陵帶。

胡媚兒騎在被綠樹包圍的道路上，左拐右拐幾次後總算看到翁家的屋頂與圍牆。她催動油門，一鼓作氣來到翁家大門前，停在鐵柵門邊，回頭道：「到達目的地！松雅先生你先下……咦？」

蒲松雅沒有回應胡媚兒的呼喚，他的雙眼睜至極限，渾身僵硬、臉色發白的注視眼前的鐵門與門後的別墅，彷彿佇立在眼前的不是棟屋子，而是座妖鬼四竄的萬魔殿。

「松雅先生？」

胡媚兒伸手在蒲松雅面前揮了揮，見對方沒反應，只好直接搖晃對方的肩膀。

蒲松雅猛然驚醒，反射動作推開胡媚兒，倉皇的倒退離開機車幾步，過程中還自己絆到自己。

「小心！」胡媚兒一把抓住蒲松雅的手，驚險的把人穩住，滿臉疑惑的問：「松雅先生你怎麼了？睜著眼睛做惡夢？」

「……」

「松雅先生？」

「……我沒事。」蒲松雅陰著臉回答，下意識避開胡媚兒的視線，轉頭盯著機車才開口

問：「妳打算把車子停在門口嗎？」

「車子要停在圍牆邊，然後我們再走進去。松雅先生你等一下，我找人來開門！」

胡媚兒脫下安全帽奔向門邊的對講機，朝玫瑰色的對講機講了幾句話，門口的黑鐵柵門立刻發出輕響，朝左右緩緩滑開。

胡媚兒穿過鐵柵門朝院子裡走去，蒲松雅走在她身後，臉色雖比剛下車時好了些，不過仍比平常蒼白。

兩人踏入庭院，方形庭院以白磚頭圍起，內部面積是一般民宅庭院的三、四倍大，杏花樹、花朵盆栽與造景用的木籬笆錯落而立，此外還有一座種有荷花的水池，以及被藤蔓包覆的木頭翹翹板。

蒲松雅的視線掃過荷花池與翹翹板，眼中湧出一絲痛苦，他隨即以理智壓下情緒，快步跟上胡媚兒。

胡媚兒走向庭院正中央的尖頂藍屋，藍屋的大門早在兩人進庭院時就已打開，一名身材微胖的婦人站在門口，朝胡媚兒招手道：「媚兒媚兒，妳總算來了！路上沒摔到或迷路吧？」

「王嬸，這條路我都騎多少次了，怎麼會摔車或迷路，妳對我也太沒有信心了！」

胡媚兒故作氣憤的抱怨，伸手將蒲松雅拉到自己身邊道：「對了，他就是我向妳提過的蒲松雅，我都叫他松雅先生。」

只有妳一個人這樣叫——蒲松雅差點將這句話吐出來，壓抑著吐槽的衝動點頭道：「妳好，我是蒲松雅，目前任職於秋墳書店。」

「我聽媚兒說過你的事。」

王嬸細細掃視蒲松雅的臉與身體，將對方看得渾身發毛才笑道：「我是王美月，大夥都喊我王嬸，是這個家的管家。別站在屋外，進來喝杯茶歇歇腳吧。」

王嬸領著兩人進入屋內，穿過掛著風景照片的長廊，來到位於一樓右側的客廳。

客廳被落地窗所包圍，青翠的大樹與牽牛花在窗外搖曳生姿，窗內則是真皮沙發椅、紅木茶几和家庭劇院組。

翁長亭坐在真皮沙發椅的中央，她今天依舊穿著長袖高領的上衣，可是神情比上回到書店時輕鬆許多，一見到胡媚兒就綻放微笑。

「長亭，我來找妳玩了！」胡媚兒張開雙手，給翁長亭送上大大的擁抱。

翁長亭僵住一秒，抬起手碰觸胡媚兒的背脊道：「老……老師，歡迎妳來。」

蒲松雅站在後方看著兩人互動，他掃視客廳一圈，低頭問王嬸：「不好意思，請問翁先生在哪？」

「老爺在書房，他還在和客戶談話，等他談完了我再帶你們去見他。」

王嬸拉長脖子問：「媚兒．蒲先生，兩位要冰茶還是冰咖啡？」

「請給我冰咖啡。」蒲松雅道。

「我要有很多冰塊的冰茶！」胡媚兒舉起單手道。

「還有檸檬與糖是吧？我馬上去準備。」王嬸笑著點頭，離開客廳。

蒲松雅目送女管家離去，猶豫片刻後才舉步走向沙發椅，坐到胡媚兒與翁長亭的對面。

胡媚兒很快就忘記蒲松雅的存在，朝翁長亭比劃雙手聊起最近看過的韓劇，還拉起少女一同站著，要對方配合自己模仿劇中臺詞。

蒲松雅端著王嬸送來的冰咖啡，想趁翁長亭轉圈與活動時，偷窺袖口與領口下的肌膚，可惜他努力了快十分鐘，還是什麼都沒瞄到。

翁長亭感受到蒲松雅的目光，卻誤會了對方凝視自己的原因，她停下話語，轉向對面道：「對不起，兩位難得出門約會，我卻霸占著老師，如果讓你不快，我願意道歉。」

蒲松雅愣住道：「妳要霸占她多久都可以……不，應該說，妳為什麼要對我道歉？」

「為什麼？因為……」翁長亭停頓一會，垂下眼，不好意思的道：「老師不是蒲先生的未婚妻嗎？」

蒲松雅在自己腦中聽見爆炸的聲音，他將杯子放上茶几，起身抓住胡媚兒的手臂，將人拉出客廳直直往前走。

「松、松雅先生，你要帶我去哪裡？」

「到廁所好好談談。」

「廁所的話，我記得左邊。」

「走廊走到底，右轉有一間。」

「欸欸！你怎麼知……」

「給我進去！」

蒲松雅將胡媚兒塞進廁所，碰的一聲甩上木門，怒氣沖沖的盯著狐仙問：「妳告訴翁長

亭，我是妳的未婚夫？」

胡媚兒嚇一跳蹲了下來，躲在白色洗手檯下方道：「我的確是這麼說，要不然我找不到理由帶松雅先生見翁先生。」

「這算是理由嗎！翁長亭她老爸又不是妳老爸，哪需要拿未婚夫當藉口，隨便找個朋友或工作夥伴的名義不就得了！」

「我只是因為店裡的叔叔阿姨常常開玩笑，說我像松雅先生的未婚妻，所以就靈光一閃這樣講了……」

「妳那不叫靈光一閃，是懶惰不動腦！」

蒲松雅怒吼，背後同時冒出敲門聲，他想也不想就往後搥一拳，正要繼續說話時，王嬸的聲音貼著門板響起。

「媚兒、蒲先生，老爺請你們過去。」

王嬸停住幾秒鐘，壓低音量貼著門縫道：「兩位啊，小姐還未成年，你們如果要『那個』，不要讓小姐發現喔。」

「……」

「……」

「松雅先生，我……」

「閉嘴！」

蒲松雅彎下腰扣住胡媚兒的手，把人從洗手檯下方抓出來，扭開廁所門的門把，臉部僵硬的笑道：「謝謝，不過我們沒打算『那個』，請帶我們去見翁先生。」

王嬸看看蒲松雅，再看看胡媚兒，雖然瞧見兩人衣裝整齊，但眼中仍閃著懷疑的光芒。她點一下頭，請兩人跟隨自己去書房找翁藪。

蒲松雅鐵青著臉走在王嬸身後，三人一同穿過半間屋子，來到左側的書房。

「老爺，我把胡小姐和蒲先生帶過來了。」王嬸敲門呼喊，打開紅木門讓蒲松雅與胡媚兒進房。

書房和電視裡企業家的書房有些相同，但也不同。相同的是這間房有兩面都是書櫃，閃亮厚重的精裝書一字排開，昂貴的實木書桌、骨董椅子與矮櫃立於櫃子之間；而不同的是，這間書房裡沒有放置畫作或藝術品，取而代之的是眾多的家庭照片。

蒲松雅環顧房內的照片，翁長亭從小到大的照片、她與母親或與父親翁藪的合照、翁藪自己的獨照……大大小小的照片懸掛或放置在櫃子與牆壁上，軟化了書房的冷硬感。

「……那就拜託你了。」

柔軟的女子聲將蒲松雅的目光從牆壁拉往房中央，一名頭戴黑紗帽，身穿墨色連身裙的女子站在書桌前，她先向書桌後的人欠身，再轉身走向門口。

當蒲松雅與胡媚兒見到女子的正面時，兩人的雙眼都同時睜大，注意力也被對方吸住。

女子有著不遜於胡媚兒的美貌，而且給人的印象比狐仙更加強烈。她的嘴唇豐滿豔紅，微微挑起的黑瞳散發神秘感，近乎乳白色的肌膚透著香氣，玲瓏有緻的身軀挑逗著觀者的情慾，彷彿一朵由黑絲包裹的紅玫瑰。

胡媚兒的雙眼追著女子出房，在女子消失後她立刻問王嬸：「剛剛那位是？」

「她是烏金華，是『寶樹基金會』的負責人。」

回答胡媚兒的人不是王嬸，而是剛剛與女子交談過的男人——翁長亭的父親翁藪。

翁藪從真皮座椅上站起來，他是一名高瘦挺拔的中年男人，偏白的臉色與女兒一致，不過目光明顯比翁長亭有力量，五官線條也銳利許多。

「寶樹基金會是我贊助的慈善基金會，這個基金會一直致力於照顧孤兒與棄嬰，雖然創立時間不長，但是旗下已經有四間孤兒院。」

翁藪邊說邊繞過書桌，走到桌子前的長椅坐下問：「媚兒如果對寶樹有興趣的話，我可以安排妳和他們的志工會面。」

「我不是對基金會有興趣，我只是覺得那位小姐身上好像……」

胡媚兒停下話，再次望向烏金華遠去的方向，凝視片刻後放棄探查，將頭轉回房內，勾住蒲松雅的手臂道：「翁先生，這位就是我提過的，想和你談談的蒲松雅。」

「你好，歡迎來翁家作客。」

翁藪微笑，先要王嬸下去休息，再請蒲松雅與胡媚兒入座。

蒲松雅走到書桌對面的三人座沙發坐下，翻出腦中擬定的作戰計畫，思考要挑選哪個方案做開頭。

可惜他還沒選定方案，翁藪端著咖啡就直接破題問：「媚兒說，你懷疑我虐待長亭？」

蒲松雅整個人傻住，腦袋空白足足半分鐘才回神，他扭頭怒視胡媚兒要求解釋。

胡媚兒本能的舉起手臂防禦，縮在沙發椅的另一端道：「我、我不是故意的，只是在和

翁先生約見面的時候，不小心被套話了。」

「被套話？妳堂堂一個狐……堂堂一個成年人，居然被人套話！」

「我有努力過啊，但是翁先生很聰明，我沒辦法嘛！」

「沒辦法個鬼！」蒲松雅抓起背後的坐墊，直接扔到胡媚兒臉上。

翁藪愣住，噗哧一聲笑出來，舉起雙手打圓場道：「好了、好了，媚兒本來就不擅長說謊，也擺不出撲克牌臉，蒲先生就別怪罪她了。」

蒲松雅從怒火中清醒，將山一樣高的不悅暫時壓入心底，望向翁藪直接問：「你明知道我把你當虐兒嫌疑犯，仍願意和我見面？」

「拒絕的話，我在你心目中就不是嫌疑犯，而是確定犯了吧？」翁藪輕鬆反問，放下咖啡杯挺胸道：「再說，我也很想知道是誰欺負我的女兒，如果和你見面能釐清這點，不管蒲先生是把我當嫌疑犯還是確定犯，我都不在乎。」

「我不會因為你擺出光明正大的態度，就相信你是個光明正大的人。」

「我有自信，能讓你相信我是個光明正大的人。」翁藪展開雙手道：「蒲先生，有什麼問題儘管問，我已經將下午的約會統統排開，你不用客氣。」

「……我的問題沒那麼多。」

蒲松雅把藏在口袋的錄音筆拿出來，放到面前的方桌上問：「第一個問題，請描述你和翁長亭的關係。」

「長亭是我和我前妻生的女兒。」

「你和她的感情如何？」

「長亭是我唯一的女兒，我則是她唯一可依靠的親人。長亭的母親離婚後，就沒再回來看過長亭，我獨力撫養她長大，而所有相依為命的父女，感情都會非常親密。」

「有具體的例子佐證嗎？」

「具體……我想想，我沒有漏掉參與長亭的任何一次生日，而長亭也是。除此之外，我們父女至今仍有晚安吻，這對你來說算親密嗎？」

「我不清楚。」

蒲松雅冷臉回答，不等翁藪回應就拋出下個問題：「你近期有看過長亭的裸體嗎？」

翁藪傻住兩秒，隨後笑出聲道：「蒲先生，長亭已經十七歲了，早就過了和爸爸一起洗澡的年紀了啊！」

蒲松雅無視翁藪的玩笑話，直接進入下一題問：「那麼手臂或脖子呢？有看過嗎？」

「我想沒有父親會偷窺女兒換衣服。」翁藪聳聳肩膀，收起輕鬆換上嚴肅之色道：「其實我在聽說長亭可能被某人虐待後，曾經主動問長亭有沒有人欺負她，然而她完全否認這件事，也拒絕拉起袖子讓我看。」

「你能強迫她脫衣服嗎？」蒲松雅直接問。

胡媚兒跳起來紅著臉喊道：「松雅先生，你怎麼能要做爸爸的人強脫女兒的衣服，這太……太不尊重了！」

「因為這樣子處理最快啊，要不然妳要我拿咖啡去潑翁長亭，逼她當眾脫上衣嗎？」

「你可以用勸的啊！」

「……好麻煩。」蒲松雅轉開臉。

「松雅先生！」

「兩位別吵、別吵……」翁藪苦笑著制止兩人，露出無奈的表情道：「如果我擺出強硬的態度，長亭應該會願意讓我看她的身體，但是我不喜歡強迫別人。抱歉了，蒲先生，我無法滿足你的請求，但還是請你查清楚，我的女兒是否受虐，以及是何人虐待她。」

「我可不是住在貝克街的神經病名偵探。」蒲松雅輕聲抱怨，眼角餘光偶然掃過書房左側的書櫃，心中突然湧起一絲異樣感。

翁藪注意到蒲松雅的異樣，前傾身子問：「怎麼了？你想到什麼線索嗎？」

「沒有，我只是……」

蒲松雅瞇起雙眼，凝神注視右側書櫃，看了好一會才指著該處問：「那裡，是不是有往內推？」

翁藪的雙眼微微睜大，不過馬上就恢復正常道：「往內推？你是問我有沒有改變過房屋的格局嗎？我在購入這棟屋子時有重新裝潢，但並沒有打掉或增加牆壁。」

「這樣嗎……」

「蒲先生覺得這間書房不太對勁嗎？」

「不，沒有，抱歉說了莫名其妙的話。」蒲松雅尷尬的笑了笑，迅速轉移話題道：「翁先生，你手上有你前妻的聯絡方式嗎？」

「我有，畢竟我每個月還都匯贍養費給她。」

翁藪從桌上的木盒抽出便條紙和鋼筆，邊寫聯絡方式邊問：「還有其他需要嗎？例如，

到我的辦公室走走，問問我的秘書與部屬，他們的老闆是不是虐待狂？」

「如果你許可的話。」

「我許可。」

翁藪將便條紙遞出，自信優雅的微笑道：「上面那行是我前妻的電話與地址，下面的則是我秘書的電話號碼，如有需要就聯絡她。」

「謝謝。」

蒲松雅接下便條紙，在收下紙條時再看了右側書櫃一眼，皺皺眉，將自己感受到的怪異感解釋為錯覺與誤記。

而這個判斷，事後將成為差點奪走他性命的誤判。

▼※▲▼※▲▼※▲▼※▲

蒲松雅與胡媚兒在造訪翁家後的隔週，挑了一天兩人都有空而翁藪前往中部洽公的日子，前去翁藪的辦公室調查。

翁藪的辦公室位於市區精華地帶的辦公大樓內，高聳的玻璃帷幕方樓反射陽光，巨大的陰影籠罩馬路與人行道，彷彿一頭睜著銅鈴大眼俯瞰渺小人類的巨獸。

胡媚兒與蒲松雅坐計程車來到大樓前，他們一打開計程車的門，就瞧見翁藪的女秘書在玻璃自動門外等著。

「胡小姐、蒲先生。」

女秘書走到計程車旁，本想說些歡迎之語，但是卻在瞧見客人手中的物品時愣住，她遲疑的問：「兩位是……準備了禮物嗎？」

胡媚兒縮了一下脖子，低頭看手邊鼓脹的塑膠袋，袋內裝滿手搖杯飲料店的珍珠奶茶。

蒲松雅一個箭步踏入女秘書與胡媚兒之間，擺出營業用笑容道：「到別人家拜訪，總不能兩手空空的來。」

「兩位真有心。」

女秘書也報以笑靨，側身轉向大樓門口道：「兩位這邊請，我帶你們到辦公室。」

三人穿過自動門來到一樓大廳，刷女秘書的磁卡進入電梯，朝位於頂樓的翁藪辦公室爬升。女秘書按下樓層鍵，轉向蒲松雅與胡媚兒問：「老闆有向我提過兩位的來意，還交代我

們必須回答你們的一切問題。」

蒲松雅道：「我們不會問太多問題，頂多看看翁先生辦公的地方，然後和妳聊聊他工作的狀態。」

女秘書點點頭，按捺不住好奇問：「蒲先生，你真的認為我們老闆虐待自己的女兒？」

「我不確定。」蒲松雅聳聳肩膀，轉向女秘書低聲道：「妳認為呢？告訴我，我不會告訴妳的老闆。」

「蒲先生是在開玩笑，還是講真的？」

「這要看妳是誠實回答，還是講客套話而定。妳的答案呢？」

「翁老闆是個不可多得的好老闆。」

女秘書回答的同時，電梯門也剛好打開，她領著兩人踏出電梯廂，走向位於正前方的毛玻璃門。

「他在短短五年內讓瀕臨倒閉的翁氏建設重新振作，從小承包商成長為擁有北、中、南三個據點的大公司，是支撐了數百甚至數千個家庭生計的企業家。」

「那麼翁先生對他女兒的態度呢？」蒲松雅問。

「老闆很重視小姐，他會將女兒的行事曆複印一份給我，交代我在安排行程時，務必避開學校日、校慶和特殊假日，平日也會主動打電話給小姐。很少有男人對孩子這麼用心。」

女秘書邊回答邊以磁卡打開毛玻璃門，踏入由綠色隔間分割的辦公室。

辦公室內的人聽見聲響，紛紛抬頭往門口瞧，在發現蒲松雅與胡媚兒手中的手搖杯時雙目放光。

蒲松雅注意到這點，轉頭問向女秘書：「可以讓我們先把飲料分給大家嗎？」

「當然可以，請把飲料放到那邊的空桌上，我請同仁們自己來拿。」

「這樣會打斷你們的工作，還是由我和胡媚兒來送吧。」

「你們是客人，這樣勞煩……」

「這是我們打擾諸位的賠禮。」

蒲松雅笑著回答，不等女秘書回應就走向最靠近自己的隔間，將珍珠奶茶遞給坐在裡頭的馬尾女子，同時不動聲色的肘擊胡媚兒。

胡媚兒被這一擊敲醒——她從進電梯後就一直低著頭不說話——拎著袋子奔向辦公室內的男員工，很快就將袋內的奶茶分送完畢。

兩人回到辦公室的大門前，蒲松雅從袋子中拿出最後一杯奶茶，再於胡媚兒手中接過最後一根吸管，將兩者交給女秘書。

「謝謝。」

女秘書接下飲料，見蒲松雅與胡媚兒直盯著自己看，她只好將吸管插入杯中，吸一口滿足客人的期待。

而在女秘書嚥下奶茶的同時，口袋裡的手機發出震動，她拿出手機看看來電者，面帶歉色的道：「抱歉，老闆找我，請兩位先到會客室休息，我處理完會馬上過去。」

女秘書招來一名男職員，將蒲松雅與胡媚兒帶到西側的會客室。

就在會客室門扉關起的瞬間，蒲松雅臉上的笑消失了。

「第一階段達成……」

蒲松雅坐上會客室內的藤椅，抹抹臉轉向胡媚兒道：「妳沒給錯吸管吧？」

「當然沒有，我有特別做記號。」胡媚兒嘟著嘴回話，她坐到蒲松雅身邊，抬起頭透過百葉窗的縫隙往辦公室看，「不過，我們這麼做真的好嗎？」

「頭都洗了，斷頭臺也架了，妳還想反悔？」

「不是反悔，只是……」胡媚兒雙手拍頰，一臉糾結的低語：「我第一次用那種方式對普通人類下符，總覺得很不踏實。」

要解釋胡媚兒口中的「下符」，必須從五天前蒲松雅與女秘書敲定會面日期說起。

蒲松雅在決定日期、調查好辦公室內的職員數量後，問胡媚兒有沒有效果類似自白劑或誠實糖果之類的法術。

胡媚兒回答：「有喔，我有個名為『誠心符』的獨創符咒，只要把符貼到人身上或是化成符水喝下，那個人就沒辦法說謊。」

「去向城隍爺申請使用這個符，然後下在翁藪的女秘書身上。」

胡媚兒瞪大雙眼，愣住好一會才跳起來問：「欸！為什麼？」

「因為世界上沒有笨到對老闆派出的調查員，說老闆壞話的員工。」

「的確是沒有，但是光憑這樣就要我對人類下符……就算我能要到許可，也很難找到機會對秘書動手腳啊！」

「動手腳的機會由我來製造，妳只要弄到使用許可就行。」

蒲松雅強勢要求，而胡媚兒迫於人類的淫威，只能縮到一旁準備術法申請書。

胡媚兒很快就拿到許可，城隍爺宋燾公一聽到蒲松雅的名字就簽名蓋章，蹺著二郎腿要胡媚兒事後記得交詳細報告。

蒲松雅在狐仙回報時說出自己的作戰計畫：他們先去購買手搖杯飲料，然後對飲料店的吸管下符。

胡媚兒驚愕的喊道：「吸、吸管？吸管又不是水，沒辦法讓人喝下去啊！」

「誰說我打算要秘書喝吸管？」

蒲松雅輕拍胡媚兒的頭，拿起一根吸管解釋：「把符灰放在吸管內，喝的人自然會不知不覺把符灰吞下去，我們只要注意別發錯吸管就好。」

兩人按照計畫分頭進行，蒲松雅先去飲料店預訂珍珠奶茶，拿走十多根吸管拆去吸管外包裝，再交給胡媚兒；胡媚兒在出發前一晚於家中畫符燒符，最後帶著處理過的吸管到飲料店拿奶茶。

他們順利完成前置作業，也成功將有問題的吸管、沒問題的飲料送到女秘書手中，看著對方喝下去。

接下來兩人只要等女秘書回來，把該問的問題問一問，就能收工回家了。

可惜，現實與計畫總是有一段不小的差距。

「碰隆！」

一聲巨響穿過會客室的隔間，蒲松雅與胡媚兒愣住一秒同時起身，掀起百葉窗朝辦公室望去。

幾分鐘前還平和安靜的辦公室，此刻正陷入沸騰的憤怒漩渦中。兩名男女職員隔著兩片隔間與一條走道站立，兩人五官猙獰的揮手吼叫，旁人試圖拉住他們勸架，然而這些人才說不到三句話，炮火就燒到彼此身上。

蒲松雅聽不清楚這些人在吼或喊什麼，他低頭和胡媚兒對看一眼，取得共識後一同湊到門邊，打開一條縫向外窺視。

「……所以經理你說的全是謊話嗎？騙我說只要和你吃飯、上床、去喝酒，你就會升我當正職，這些全是騙人的嗎！」綁馬尾的女職員驚聲尖叫。

「沒錯我是騙妳的……不不不，不是這樣，我的意思是……沒錯我就是喜歡妳的肉體勝過妳的腦袋。」梳條碼頭的中年男子抱頭回答。

「太過分了！你這缺德、無恥、滿口謊言的老色鬼！」

「等、等一下！所以小娟妳真的和經理上床了？妳之前不是說，妳只是陪經理去應酬，什麼事都沒做嗎？」某名戴粗框眼鏡的年輕男職員問。

「小張你的女朋友什麼都做囉。」打掃的歐巴桑一面拉開兩人，一面無法控制的火上加油道：「而且不只和現在的經理，她也和之前調去中部的經理做過囉。」

「啊啊啊啊啊——我不相信！我的小娟、我的小娟居然……我要去找愛琳！愛琳我需要妳的安慰啊啊！」粗框眼鏡男職員抱頭吶喊。

「愛琳！你是說你的前女友愛琳？你不是說你們不是沒有聯絡了嗎？你騙我！」馬尾女職員賞了男友一巴掌。

「怎麼了！」女秘書走到兩人之間，望著沸騰的辦公室問：「發生什麼事？為什麼會突然吵起來？」

「這是我和小張之間的事，林姐不要插手！」馬尾女職員怒瞪男友。

「明明是妳和我和經理與前經理的事！」粗框眼鏡男怒吼。

「你們兩個冷靜一點，坐下來好好……」女秘書伸手想分開兩人。

「妳滾一邊去！」馬尾女職員甩開女秘書的手道：「我受夠妳的假惺惺、自以為溫柔得體的舉動了！老是想當和事佬，裝出優秀大姐的模樣，其實誰不知道妳整天肖想嫁給老闆！」

女秘書的臉瞬間漲紅，瞪著馬尾女職員數秒，一掌拍翻對方的臉怒吼：「要不是薪水優渥，妳以為我喜歡服侍那個人前裝紳士，人後喜怒無常的戀女兒混蛋嗎！」

「林姐我喜歡妳啊！」另一名男職員突然跳起來撲向女秘書。

蒲松雅默默關上會客室的門，轉頭盯向胡媚兒，沉默的要求對方說明。

胡媚兒猛搖頭道：「我、我不知道是怎麼回事，我只有對一根吸管撒符灰啊！」

「……」

「真的！松雅先生你相信……啊！」

胡媚兒的面色驟然轉青，低下頭小小聲道：「我想起來了，我曾經不小心把燒好的符灰打翻，讓灰撒到其他吸管上。」

「……」

「但是我馬上就把吸管拿去洗了啊，裡裡外外都洗過了！有下符的吸管應該只有一根，

其他根……其他人只是突然決定玩真心話大冒險而已！」

「……」

「是珍珠奶茶的關係嗎？我先前聽師父說過，丹藥不能配酒、果汁和牛奶服用，搞不好符灰也……」

「夠了。」蒲松雅舉手制止胡媚兒，仰望天花板深深嘆一口氣，「撤退吧。」

「撤退？但是我們還沒問秘書問題啊！」

「妳看看外面的狀況，有可能讓我們問問題嗎？」蒲松雅掀起百葉窗，讓胡媚兒瞧見正在進行摔跤擂臺賽的職員們。

「呃……」胡媚兒縮起肩膀，壓平看不見的狐耳。

「反正我們也算有聽見翁藪的秘書對老闆的評價，雖然只有一句話……」

蒲松雅看著辦公室內翻桌砸椅的男女，放下百葉窗向胡媚兒道：「看樣子是沒辦法從前門溜了，妳有帶上回的自由落體符嗎？」

「太怒神符？」

「妳修正過後的穿牆符，可以讓人一口氣從十樓掉到一樓的東西。」

「才不是十樓，是二十樓！」

胡媚兒一手抽出黃符，一手圈住蒲松雅的腰，高跟鞋往下一蹬，兩人的身體立刻往下沉，穿過十五層地板直達一樓。

當蒲松雅從失重狀態脫離，控制痠軟的雙腳勉強踏上地板時，他心中只有一個想法——他再也不玩大怒神了！

蒲松雅與胡媚兒在姑且、勉強、最低限度的了解過翁藪屬下對翁藪的評價後，找上最後一個「翁藪檔案匣」中的調查對象——翁藪的前妻翁芙。

三人約在翁芙住家附近的咖啡店見面，由原木裝潢的咖啡店內瀰漫溫熱的香氣，輕靈的水晶音樂在木雕品與吧檯間繚繞。攜帶筆記型電腦的寫稿者、靠在一起聊天的男女、獨自一人凝望窗外街景的人散落在座位區。

蒲松雅與胡媚兒坐在角落的小包廂內，一個人低頭滑手機，一個人開開心心的消滅總匯

三明治。而在胡媚兒將菜單上所有的三明治攻略完成，並開始進攻鬆餅區的時候，他們等待的人出現了。

一名身穿酒紅色套裝的婦女跑進店內，她先向門口的服務生詢問訂位位置，再快步走向蒲松雅與胡媚兒。

「抱歉，我遇到比較囉嗦的客戶。」

婦女邊說邊遞出兩張名片，動作迅速的坐下問：「我是翁芙，目前在花月花藝設計公司擔任講師。兩位就是胡媚兒小姐和蒲松雅先生嗎？」

蒲松雅和胡媚兒點頭，兩人接下燙金的精緻名片，看看上頭的文字再抬頭注視翁芙，從她的五官中看到翁長亭的影子。

翁芙向服務生點了一杯咖啡，接著轉頭望向胡媚兒與蒲松雅。

兩人以為翁芙會問起長亭受虐的事——胡媚兒有在電話中簡單描述事情經過，沒想到對方卻吐出他們想都沒想過的問題。

翁芙收起營業用笑容，疲倦的問：「為什麼聯絡我？」

胡媚兒愣住兩秒才回答：「為什麼？因為您是長亭的母親，如果長亭有被虐……」

「我已經不是她的母親了。」

翁芺亮出沒有婚戒的無名指道：「我和翁藪已經離婚六年，我主動放棄長亭的監護權，而且從未回去看她。」

「但是……」

「我不清楚也不關心長亭的事，我是個失格的母親、不配稱為母親的女人，不是嗎？」

胡媚兒被翁芺冰冷尖銳的言語堵住嘴巴，她在心中憑直覺吶喊「才不是！才不是！」，但卻無法將喊聲化成反駁之語。

蒲松雅看得出狐仙的糾結，微微前傾身子改變話題：「翁女士，其實我們想問的不是令嫒的事，而是想知道妳對翁藪的評價。」

「為什麼？」

「因為他是虐待長亭的第一嫌疑犯，雖然目前尚未發現直接證據。」

翁芺愣了兩、三秒，掩嘴笑出聲，「你說那個男人虐待長亭？不可能的！誰都有可能虐待長亭——包含我在內，但是那個男人絕對不可能。」

「能告訴我妳如此判斷的理由嗎？」

「因為翁藪是個膽小鬼。」

翁芙面無表情的回答，她拿起湯匙攪拌面前的熱咖啡道：「說好聽一點是溫柔、乖巧，但實際上就是膽小怕事，只要別人稍微強勢一點，他就什麼話都不敢說，所以不管是兄弟、屬下還是朋友，統統都騎到他頭上。」

「可以請妳說詳細一點嗎？」

翁芙沉默片刻，轉頭望著遠處親密交談的情侶道：「我和翁藪是在唸大學時認識的，他來參加我們系上辦的聯誼，沒像其他男人一樣圍著我說不好笑的笑話，只是一個人安安靜靜的坐在角落。」

蒲松雅腦中浮現翁藪靜靜縮在椅子上的樣子，發現自己很難做出此想像。

翁芙繼續道：「不過我反而因此對他感到好奇，湊過去耍性子命令他吃我亂點的菜、幫我去附近的商店買糖果、跳奇怪的舞，而翁藪對我的要求沒有生氣、也沒有抗議，二話不說全做了。」

「他對妳一見鍾情嗎？」蒲松雅問。

「我當時以為是。」翁芙喝一口咖啡潤喉，垂下眼冰冷的道：「然而事實並非如此。他之所以滿足我的任性，只是因為他沒有膽子去拒絕別人，也不敢爭取自己的權利，這點我直到婚後才發現。」

「這是你們離婚的原因嗎？」

「沒錯，我受不了他無法挺起胸膛處理自己父母、兄弟姐妹的要求，愚蠢的東奔西跑再把爛攤子丟到我頭上；我也受不了他只要旁人稍微提高音量，就縮成一顆小球任人取笑。」

翁芙的雙手緩緩握起，咬著嫣紅嘴脣痛苦的道：「等我回過神時，家事、經濟、家族間的糾紛全都落在我的肩膀上，而且因為我總是扮黑臉的那方，還被親友們偷偷冠上『惡女』、『潑婦』的罵名！」

「……」

「我好累，非常非常累，所以我去尋找能支撐我的肩膀。」

翁芙看見蒲松雅的臉色驟然轉青，點頭承認道：「你想得沒錯，我外遇了，我愛上現在陪伴我的男人，然後向翁藪要求離婚。翁藪雖然生氣，但還是乖乖的在離婚協議書上簽名，甚至同意給我這個搞外遇的女人贍養費……雖然我當時只是要好玩的。」

「要好玩的？」蒲松雅挑眉問。

「翁藪當時沒什麼錢，他繼承的建設公司被自家人與客戶蠶食殆盡，隨時都可能破產。」翁芙停下話語，偏著頭不解的道：「不過在我和翁藪離婚不到一年，他就鹹魚翻身，而且周圍那些惡劣的親朋好友也突然死的死、病的病。雖然他有錢對長亭算好事，但是……我覺得有點邪門。」

蒲松雅默默在心中標注這件事，望向翁芙做總結問：「翁女士，容我整理一下妳對翁藪的評價：翁藪是個不懂得拒絕他人的人，所以妳認為他不可能虐待翁長亭？」

「大致如此。另外一個原因是他很疼愛長亭，疼到我三天兩頭就吃自己女兒的醋，他對長亭的保護欲強得要命。」

「翁藪自己和他的秘書也是這麼說。」不過他的秘書也說他私底下脾氣不好——蒲松雅沒將後半句話吐出。

翁芙露出苦澀的微笑，她聽見隔壁桌女學生打鬧的聲音，靈光一閃問：「對了，有沒有可能是長亭的同學欺負長亭？長亭國中時因為人漂亮又發育得早，曾經被學姐和同班同學霸凌過。」

「我還沒調查過她在學校的狀況，不過以她的個性，的確是容易被欺負的類型。」

「不是容易被欺負，是和她老爸一樣，根本就是被欺負的料，她國中時要不是有我……」翁芙的話聲轉弱，秀麗的臉龐籠上一層陰影，低下頭沉入自己的思緒中。

「翁女士？」蒲松雅呼喚。

翁芙回過神，恢復初進店時的明亮笑容道：「抱歉，我接下來還有約會，沒辦法和兩位繼續聊了。不好意思，我沒能提供什麼重要的情報。」

「不會，妳已經給我們很多線索了。」

「你真會奉承人。」

翁芙從錢包中掏出兩張鈔票，將錢放到桌上起身道：「很高興認識兩位，如果你們有花藝布置與設計的需要，可以打名片上的電話聯絡我。再見！」

「再見。」

蒲松雅目送翁芙走向大門口，他靠上椅背拿出錄音筆，正打算把剛剛的訪談重聽一次時，胡媚兒突然站起來往外跑。

「翁芙女士！」

胡媚兒在玻璃門前攔住翁芙，深吸一口氣，手指著對方的胸口道：「您是長亭的母親！

從頭到腳、裡裡外外都是，我不接受您對自己的批評！」

翁芙先是呆住，然後浮現苦澀笑容道：「謝謝妳，但是我剛剛說過，我是……」

「您是一聽到我說長亭可能被欺負，就馬上同意見面，然後一路跑過來的母親！」胡媚兒高聲強調，一個箭步握住翁芙的手道：「您是長亭的母親！只要看見您提起長亭名字時的表情，我就知道您絕對是長亭的母親！」

「那只是……」

「長亭一直在等您！」

胡媚兒向前一步，直視翁芙的雙眼道：「雖然她沒有向我說過，但是我知道她偷偷藏著您的照片，我曾經在上課時瞄到她拿照片出來看，長亭很思念您啊！」

翁芙的身體繃緊，眼中浮現淚光，抿嘴僵硬的望著胡媚兒。

胡媚兒放開翁芙的手，從口袋中拿出紙與筆迅速動筆，將寫滿英文與數字的紙片塞給對方道：「這是長亭的手機、電子信箱和臉書帳號，請您抽空聯絡她，長亭會很高興的！」

翁芙抓住紙片，她抖著手落下眼淚，朝胡媚兒笨拙的點頭，搖搖晃晃的走出咖啡廳。

胡媚兒凝視翁芙的背影，直到對方消失在對街街角，才轉身打算回去找蒲松雅。

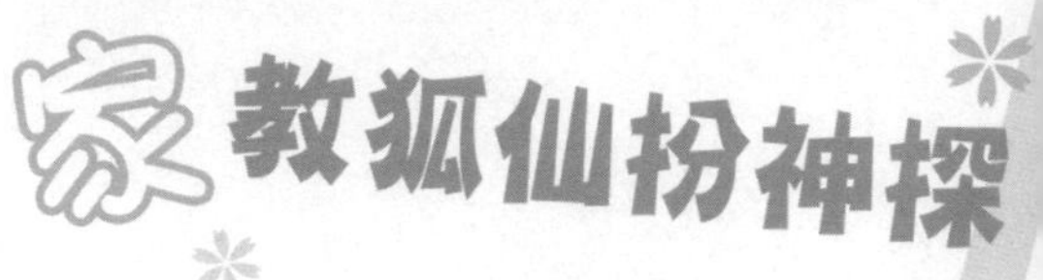

這是個多餘的舉動，因為蒲松雅就站在胡媚兒背後，那張俊俏的臉蛋配上過於銳利的眼神，讓人讀不出他的情緒。

胡媚兒追人的氣勢瞬間消失，縮著脖子小心翼翼的呼喚：「松雅……先生？」

「方才我和翁芙說話時，妳滿腦子都在想怎麼反駁翁芙，沒留意我們在說什麼嗎？」

「呃！」

「妳該不會忘記我們約翁芙來的目的吧？我們不是來化解母女恩怨，而是來調查青少女受虐事件。」

「咿！」

「妳這個只會暴衝的爛好人、笨狐狸。」

「嗚！」

胡媚兒抓著頭髮大叫，想要說些替自己辯護的話，最後卻一句話都沒吐出來。

因為蒲松雅在胡媚兒出聲前，伸手摸摸狐仙的頭，然後轉身去櫃檯結帳。

胡媚兒愣住將近五秒才回神，跑到櫃檯前抓住蒲松雅的袖子問：「松松松雅先生，剛剛剛剛是怎麼回事！」

「什麼怎麼回事？」蒲松雅問，同時從店員手中接過零錢與發票。

「松雅先生剛剛、剛剛……剛剛好溫柔，好奇怪！你發燒了嗎？」胡媚兒伸手想碰蒲松雅的額頭。

蒲松雅的嘴角抽動一下，甩開胡媚兒的手，扭頭朝店門口走去。

胡媚兒趕緊追上，跟在人類後頭問：「松雅先生，我們接下來要去哪裡？」

「我回我家，妳回妳家。」

「欸！就這樣？調查結束了嗎？沒有事做了嗎？」

「哪有可能？我回家整理錄音檔，妳回家想辦法約翁長亭的同學出來。」

「同學？」

「翁芠不是說，翁長亭國中時被霸凌過嗎？」

蒲松雅回頭瞪胡媚兒一眼，再收回視線快步過馬路，「將所有可能的原因統統調查一輪，總會抓住真相的尾巴。」

胡媚兒點點頭，拿出筆記本記錄自己分配到的工作。

蒲松雅斜眼偷瞄胡媚兒，腦中響起狐仙與翁芠的對話。

他不認為翁芙還配稱為翁長亭的母親，畢竟翁芙無條件交出監護權是事實，而且還整整六年都沒回去看孩子，怎麼想都不是母親該有的行為——至少在蒲松雅眼中是如此。

但是在胡媚兒的眼中卻不是。

狐仙透過翁芙小小的表情變化，堅定的相信對方仍愛著孩子，給了這名失職母親尋回自己孩子的理由與管道。

胡媚兒總是看到人類好的地方，然後將這些小小的優點擴大到全體，所以老是被耍、被騙、被欺負與取笑。

而蒲松雅則是一眼就看見人類虛假、自私、貪婪……種種惡劣性格，因此總是對旁人抱持戒心，不輕易相信與接近其他人。

為什麼會如此？

蒲松雅想，那大概是因為胡媚兒是狐狸，而他是人類的關係。

……所以他討厭人類。

第二章

冷面店長大變身

週五夜晚，開在汴閣高中附近的美式餐廳人聲鼎沸。

打扮成牛仔的男女店員在木桌間穿梭，快節奏的搖滾樂在懸掛復古西部片海報與馬車輪的牆壁之間繚繞，油炸物、肉排與甜點的香氣瀰漫於空氣中，成為催促客人飢餓與歡笑的催化劑。

胡媚兒與朱孝廉坐在音樂和笑聲之間，兩人的面前是一張繪有公牛圖案的方桌，方桌另一端則是三名身穿汴閣高中制服的女學生。

她們是翁長亭的同班同學，胡媚兒在幾次代翁藪接送翁長亭時，被這幾人認出她是雜誌上的模特兒，以此為契機交上朋友。因此當蒲松雅要胡媚兒去約翁長亭的同學時，她第一時間就想到這三位和自己吃過飯、交換過各種帳號，並且每晚聊上一小時左右的女孩。

胡媚兒依照蒲松雅的指示，假稱自己有朋友在做「高中生交友喜好」的研究，需要人幫忙填問卷，向三人發出邀請。

三名少女很快就答應，四個人在通訊軟體上敲定時間與地點，過程中狐仙沒有說溜嘴或被套話，一切順利得叫當事人意外。

唯一計畫外的事，是胡媚兒到秋墳書店找蒲松雅報告時，不小心讓朱孝廉聽見談話內

容，導致這場「問卷聚餐」的參與者增加一人。

除去這段小插曲，這次作戰的起頭與準備工作都十分順利，讓胡媚兒堅定的相信，最後的執行與收尾也會圓滿達成目標。

……如果團隊中最不可能出句的那位，沒有出包的話。

「小媚姐，妳朋友什麼時候才會出現啊？」

坐在桌子最右邊，綁著彩色髮圈的少女問著，她用吸管戳著空蕩蕩的玻璃杯，一臉無聊的問道：「都已經過二十多分鐘了耶，他該不會忘記出門了吧？」

「還是出事了？要不要打電話問看看？」坐中間的捲髮少女問。

「小媚姐，我們可以先點餐嗎？我肚子餓了。」坐在最左側兩手纏繞幸運帶的少女立起菜單，面無表情的請求。

「當然可以，妳們先點沒關係。」胡媚兒努力擠出笑容回答。然後，她轉開頭拿起手機，第六次撥打蒲松雅的手機號碼，然後第六次轉進語音信箱。

「店長還是沒回我的訊息……」朱孝廉抓著手機低語，他在蒲松雅的 LINE 上大洗版，可惜不要說回應了，他連「已讀」兩個字都沒看見。

以守時、守序、守諾聞名，一向負責盯別人行動的「拯救翁長亭小隊」小隊長蒲松雅居然遲到又失聯。

捲髮少女見對面的兩人臉色死灰，好心開口道：「小媚姐沒關係的，如果對方真的找不到，那我們就改成單純吃飯吧。」

「支持單純吃飯，對我來說吃飯才是重點。」幸運帶少女高舉右手附和。

髮圈少女皺皺眉頭道：「欸——但是我很想看看小媚姐口中長得很……」

「對不起、對不起，我遲到了！」

第三者的聲音突然插入，眾人愣住一會同時轉頭，發現方桌邊多了一名青年。這名青年頂著一頭精心修剪過的棕色短髮，挺直的鼻梁上架著細框眼鏡，微微偏尖的臉龐配上不遜於藝人的端正五官，剪裁俐落的黑色西裝包裹高眺的身軀，深深吸引旁人的目光。

胡媚兒與朱孝廉直直盯著青年，先是覺得對方有點眼熟，接著才透過鏡面下隱藏的犀利眼神，認出站在自己手邊的人是誰。

「松松松雅先生？」

「店店店店店長？」

西裝青年——蒲松雅皺眉看著被嚇傻的兩人，側身坐進位子裡道：「沒錯，是我。你們該不會以為我不來了吧？」

「不，不是你不來，是你……」朱孝廉比比眼睛、再摸摸頭髮與領子，試圖以手勢傳達：老大，你頭上臉上身上是怎麼回事？

「我的眼鏡摔壞了，所以只能戴備用眼鏡。」蒲松雅推推細框眼鏡，露出燦爛得叫人頭皮發毛的笑容提醒：「還有，我『現在』不是店長了喔。」

胡媚兒與朱孝廉僵住，接著同時恐懼的猛點頭。

蒲松雅將視線轉回三名少女身上道：「謝謝妳們願意過來，我臨時有事延遲出門，抱歉讓妳們久等了。」

少女們沒有回答，三人直直盯著蒲松雅，稚嫩的臉上浮現紅暈。

「如果大家不介意的話，我想先吃飯再做問卷，可以嗎？」蒲松雅問，見其他人沒有點頭或搖頭，於是舉手招喚服務生。

牛仔服務生很快就來到桌邊，眾人迅速報出自己十分鐘前就選定的餐點。

唯一中途改變決定的人是胡媚兒，她本來想點煙燻鮭魚凱薩沙拉、總匯漢堡、火山爆發漢堡排、碳烤豬肋排、丸子肉醬麵……卻在唸到火山爆發漢堡排的火字時，慘遭蒲松雅踩腳警告，只好含淚放棄後面的餐點。

食物在服務生送單後六分鐘依序出現，方桌上的公牛很快就被盤子與杯子遮蔽，肉與薯條的氣味和熱度直撲向眾人而來。

蒲松雅慢條斯理的拿起刀叉，將培根蛋捲切塊、叉起再送入口中，眼角餘光瞄見胡媚兒嘴上沾著菜葉，他放下餐具先拍狐仙的肩膀，再指指自己的嘴。

胡媚兒馬上伸手抹掉菜葉，轉回頭正打算繼續進攻食物時，發現對桌三人直直盯著自己。她好奇的問：「怎麼了？」

三名少女妳看我、我看妳一陣，最後推捲髮少女出來說話：「小媚姐，妳和蒲先生的關係是……」

「我們是……」胡媚兒的語尾拉長。糟糕，她突然想不起來自己與蒲松雅的角色設定。

「妳們猜呢？」蒲松雅及時出聲解圍，勾起嘴角輕笑，「猜對的人，我請她吃一份甜點。」

髮圈少女問：「請？這頓本來就是你請客，不是嗎？」

「是啊，但是妳們都太客氣，沒有給自己點甜點，讓我有拿甜點當獎品的機會。」

蒲松雅笑了笑，突然搭上胡媚兒的肩膀，說：「一人一次機會，所有人都猜完，我再公布答案。」

「男女朋友！」髮圈少女第一個舉手回答。

幸運帶少女偏頭，「我記得是工作時認識的老朋友，小媚姐之前是這麼講的。」

捲髮少女思索片刻，盯著笑咪咪的蒲松雅、被搭肩動作嚇傻的胡媚兒，問：「普通朋友？」

蒲松雅的視線掃過少女們的臉，手放開胡媚兒的肩，拿起桌邊的菜單，由右至左指過一輪後，停在幸運帶少女與捲髮少女之間，笑道：「恭喜兩位，我和胡媚兒是認識多年的普通朋友。」

幸運帶少女眼睛一亮，迫不及待的接過菜單，翻到甜點那頁閱讀；捲髮少女湊過去一起看，不過在移動前瞄了蒲松雅一眼；髮圈少女發出哀號，拿薯條塞滿自己的嘴，含含糊糊的抱怨她被騙了。

幸運帶少女抬起頭道：「我選好了，我要水果嘉年華蜜糖吐司。」

「那我要熔岩巧克力。」接著，捲髮少女望向髮圈少女問：「妳能幫我吃一半嗎？我怕分量太大我吃不下。」

「當然可以，小卷我愛妳！」髮圈少女高聲回答，張開雙臂擁抱同學。

晚餐在愉快的氣氛中繼續進行，大夥一面說笑打鬧，一面將盤子裡的餐點送進口中。

蒲松雅在服務生上甜點時拿出問卷和筆，推到三名少女面前眨眨眼道：「抱歉破壞妳們的興致，但是為了節省時間，請妳們邊吃甜點邊填問卷。」

髮圈少女嘟嘴問：「欸——不能吃完再填嗎？冰淇淋會融化。」

「吃完再填一票。」幸運帶少女附和同伴。

捲髮少女抬起手打圓場道：「吃快點就好了，這家餐廳有用餐時間限制，等吃完再填時間會不夠。」

在捲髮少女的勸說下，另外兩人皺著眉頭閉上嘴巴，右手拿筆、左手拿叉子，勉強開始填問卷。

蒲松雅看著三人填完基本資料，在她們進入勾選題時問：「對了，小黑退休了嗎？」

「小黑？」髮圈少女停下筆問。

「你說訓導主任？」幸運帶少女也跟著問。

「蒲先生怎麼會知道小黑？」捲髮少女稍稍睜大眼盯著蒲松雅。

蒲松雅笑了笑道：「因為我也是汴閣的畢業生，當年因為服裝不整，被小黑拖進訓導處好幾次。」

髮圈少女倒抽一口氣道：「唔唔——那蒲先生不就是我們的學長嗎！騙人！」

「我沒有騙人，不相信的話我可以讓妳們看校友證。」蒲松雅從外套口袋掏出證件。

幸運帶少女靠近證件，瞇起眼細看小小的卡片道：「文字、鋼印、校徽都正確，是真的校友證……學長，我可以再加點一道甜點嗎？」

蒲松雅搖晃食指，「不行。但是如果妳們能在五分鐘內填完問卷，我就加點一份薯條。」

「所以蒲先生才找我們填問卷？因為我們都是汴閣的學生？」捲髮少女問。

「算是吧。」蒲松雅瞄了三人的填卷進度，前傾身子低聲道：「不過主要的原因，是想順道幫胡媚兒調查一下，她所負責的學生的班級狀況。」

髮圈少女皺起雙眉問：「小媚姐負責的學生……」

「翁長亭。」幸運帶少女回答，並且趁機偷挖走一塊熔岩巧克力。

「長亭怎麼了？」捲髮少女認真的問。

「她的成績有些退步。」蒲松雅面色凝重的回答。他環顧三人後，接著問：「妳們是長亭的友人吧？她最近有什麼不對勁的地方嗎？」

髮圈少女歪頭道：「不對勁？翁長亭一直都是那個樣子啊。」

「她出席正常，吃飯正常，被老師找的頻率也正常。」幸運帶少女口氣平淡道。

捲髮少女思索片刻，低下頭不好意思的道：「對不起，我沒發現長亭哪裡不對勁，沒辦法幫上學長的忙。」

「沒關係，妳們肯幫我填問卷，就已經幫了我大忙。」

蒲松雅抬頭瞄了時鐘一眼，微笑著輕敲三人面前的問卷道：「所以快填吧，妳們還有兩分半鐘。」

雖然少女們在時限前五秒寫完問卷，但卻沒能在店內吃完薯條，因為他們的用餐時間已結束，只能將薯條打包帶走。蒲松雅將薯條交給三名少女，陪她們到公車站等車，目送所有人上車後，才轉身面對身後的朋友。

正確來說，是脫下平光眼鏡收起笑容，以「脾氣不好、討厭人類的秋墳書店店長」的真面目面對朋友。

而目睹此變化的胡媚兒與朱孝廉，在沉默三秒後不約而同大喊：「松雅先生（店長）剛剛是怎麼回事！」

蒲松雅蹙眉道：「什麼怎麼回事？你們可不可以用聰明一點的方式問問題？」

朱孝廉張口閉口數次，指著蒲松雅的臉大吼：「我、我認識的店長才不是會染髮，穿昂貴西裝，把自己打理得潮潮帥帥，會溫柔對待靈長目智人種的男人！」

胡媚兒咬著手帕道：「沒錯！我所知道的松雅先生，雖然能勉強裝出營業用笑容應付顧客，但絕對不可能和女孩子調笑玩猜謎遊戲！」

朱孝廉用力點頭道：「小媚說得對！明明對小媚那麼凶，卻對高中少女笑得那麼甜蜜，店長你……難不成店長你喜歡那種介於女孩與女人之間的清純肉……噗嚕！」

蒲松雅用手裡的塑膠資料夾打朱孝廉的臉道：「我在餐廳時，一直覺得你們兩個安靜得過分，還在想是出了什麼事，結果居然是這麼愚蠢的原因。」

「哪裡愚蠢了！我和小媚差點認不出你，會驚訝到說不出話很正常吧！」朱孝廉一邊撫著吃痛的臉頰，一邊大聲抗議。

胡媚兒雙手握拳問：「松雅先生比較喜歡高中生嗎？那下次我去你家時，我改穿水手……嗚嗚！」

蒲松雅以資料夾拍胡媚兒，一臉不耐煩的瞪著兩人道：「你們兩個鬧夠了吧？那些只是調查中必要的偽裝，是裝出來、演出來的，懂嗎？」

「店長你的演技什麼時候變那麼好？根本換了一個人啊！」

「我只是假扮成阿芳罷了！我們以前常玩互換身分的遊……」

蒲松雅的話聲轉弱，他察覺到自己說了不該說的話，咬牙不發一語的盯著柏油路。

「阿芳是誰？」朱孝廉問。

「阿芳是……嗯……」

胡媚兒頓了一下，總算想起之前在醫院與蒲湘雄的對話，雙手一拍道：「啊！我想起來了，阿芳是松雅先生的雙胞胎兄弟，日前失蹤中的那位吧！」

「失蹤？為什麼？」

「夠了！」蒲松雅打斷胡媚兒，從資料夾中抽出少女們的問卷道：「那與我們眼前的工作無關，不要白費力氣追究沒意義的事。」

朱孝廉立刻抗議：「哪會沒意義！我從沒聽店長說過你有個雙胞胎兄弟，作為一個在秋墳書店打工滿兩年的人……」

「你前天下班時，忘了一個1TB的外接硬碟在店裡，要我幫你格式化嗎？」

「對不起我錯了，請放過我的精神食糧！」朱孝廉九十度鞠躬，雙手合十置於頭頂。

「我放在休息室的置物櫃裡，自己記得拿回去。」

蒲松雅低頭看手中的問卷，將三份問卷簡單掃過一遍後問：「胡媚兒，妳確定今天來的這三位，是翁長亭的朋友嗎？」

「當然是，我受翁藪拜託去學校接過長亭五次，五次都看到她們在校門口陪長亭。」胡媚兒探頭望向蒲松雅手中的問卷，問：「怎麼了？你覺得她們不是嗎？」

「她們是翁長亭認識的人，但應該不是朋友。」

蒲松雅將問卷轉向胡媚兒與朱孝廉，指著上頭「不喜歡的同學類型」解釋道：「這在這題複選題中，三人同時選了『笨拙』，兩人選了『有話不說出口』與『老是自責』，一人選了『害羞』和『神經質』，而這幾項特質都和翁長亭的性格相符。」

朱孝廉皺眉質疑問：「店長，你光憑問卷就說她們不是朋友，這不會太武斷了嗎？」

「我不是光憑問卷就這麼說，是綜合三條線索、配合問卷結果後，才這麼判斷。」

「啊？」

胡媚兒與朱孝廉歪著頭，臉上清楚寫著「大人可以說中文嗎」幾個字。

蒲松雅的肩膀斜向一邊，伸出一隻手指道：「第一條線索，是她們沒有對我的穿著打扮感到意外。我先前和翁長亭見過兩次，當時的打扮和應對都是你們熟悉的樣子，所以這三人如果有聽翁長亭提過我，或是有去問翁長亭關於我的事，不可能沒有『和聽說的不一樣啊』這種感覺。但是從她們的表情與行為來看，全都看不出有這種感覺，這可能是她們和翁長亭沒有熟到聊生活瑣事的地步，或是翁長亭的描述能力有問題。」

胡媚兒恍然大悟問：「所以松雅先生是為了測試，才穿成這樣？」

「大致是。另一個原因是想讓她們放鬆戒心。」

蒲松雅繼續道：「第二條線索，是在我們吃飯時，三人一次都沒有提起翁長亭的名字，她們說了很多在學校發生的趣事，但翁長亭卻都沒出現在這些事情中，以『熟識的友人』而言，這很異常。」

「店長你是以調查情報的心態，和女高中生聊天嗎？」朱孝廉傻眼的問。

「要不是為了調查，我才不想陪女高中生吃飯！」蒲松雅冷臉回答，接著伸出第三隻手指，解釋道：「第三條線索，是當我問她們翁長亭的近況時，三人的答案都非常模糊，幾乎沒有參考價值。」

「戴髮圈暱稱是小圈的那位，她說翁長亭『一直是那樣』，口氣與用字都漫不經心，不像是談到好朋友該有的態度；綁幸運帶的小幸說『出席率正常』，這基本上是廢話；捲髮的小卷說『沒有發現不對勁』，乍看之下比前面兩個好，但這個回答的背後可能是『我有關心她，但沒發現異常』，也有可能是『我沒留意她，所以不知道她有沒有異常』。」

「綜合以上三項與問卷，這三人嘴巴上說自己是翁長亭的朋友，實際上卻不關心、不常接觸，甚至可能不喜歡翁長亭。」

「這麼聽起來，她們的確和長亭不太熟的樣子。」胡媚兒低語。不過她馬上搖頭，「可是剛剛小卷在等公車時，有特別問我長亭的狀況，這能證明她們是朋友吧！」

「如果是小圈或小幸問，那麼能，但如果是小卷，完全不能。」

朱孝廉瞪大雙眼問：「為什麼不能？小卷那麼溫柔、可愛、胸部豐滿、雙腿修長！」

「你是哪來的痴漢？」蒲松雅瞪朱孝廉一眼，單手扠腰說明：「我不是要那三人猜我和胡媚兒的關係嗎？那是在測試三人的個性。」

「當時我故意做出親密動作當煙霧彈，結果小圈直接被騙，這表示是口直心快，不會想太多的人；小幸直接以胡媚兒的話回答，代表她屬於記性好但不太留意周圍之人；小卷則猜我們是普通朋友，她看穿我是刻意表演，所以做出相反的回答，她是三人中最有心機的人，同時也是三人組中的領導者。」

「她只是聰明，不到有心機的地步吧！」朱孝廉不認同的道。

「如果她只是聰明，就不會謊稱自己是翁長亭的好友來接近胡媚兒。她大概是看上胡媚兒平面模特兒的身分，想藉此炫耀。」蒲松雅甩甩問卷，「總之，雖然沒有直接證據，但我不認為那三人是翁長亭的朋友。」

「怎麼會……」胡媚兒垂下肩膀失落的道：「說要約長亭的朋友，卻只約到自稱是朋友的人，這不是一點收獲也沒有嗎！」

「不，雖然妳約錯人，但還是有點收穫——收穫了『翁長亭在學校可能沒有真正的朋友』這個情報。」

胡媚兒愣住，「沒有真正的朋友？那長亭在學校……」

「大概是屬於孤立狀態，或是更糟糕一點，是被霸凌的對象。」

蒲松雅停頓片刻，注視手中的問卷自言自語：「看樣子有進一步調查的必要。」

「要再約其他同學出來嗎？」胡媚兒認真的問。

「不用，我想改用更直接的方式調查，詳細計畫等我擬好再找妳。」

「有我能幫忙的地方，松雅先生儘管開口不用客氣！」胡媚兒雙手握拳，眨眨大眼。

「什麼幫忙？這本來就是妳的事，被硬拖來幫忙的人是我吧！」

蒲松雅一拳敲向胡媚兒的頭，胡媚兒反射性的雙手壓住差點露出來的狐耳。

朱孝廉看著面前兩人的互動，見蒲松雅與胡媚兒沒有繼續討論的打算，只得自己開口詢問：「店長，你是不是漏解釋一件事？」

「解釋什麼？」

「你遲到的理由啊！店長你解釋了你染髮打扮成帥哥的理由，也講了為什麼搭小媚的肩膀，那遲到呢？這才是最需要說明的事吧！」

胡媚兒亮起眼睜猛點頭道：「沒錯沒錯，我也很想知道松雅先生怎麼會遲到，這也是調查的一環嗎？」

「……」

「松雅先生？」

「店長！」

蒲松雅望著固執不退讓的兩人，嘆一口氣低聲道：「……花夫人在我出門前半小時，跳到在我腿上睡覺，所以我沒辦法準時出門。」

「貓？」胡媚兒傻住。

「把貓抱走不就好了？」朱孝廉理所當然的問。

蒲松雅肩膀抽動兩下，別開臉惱怒的抱怨：「所以我才不想告訴你們！你們這種沒有養過貓的人，怎麼能理解貓咪願意主動對跳上你的大腿、捲成一圈自自在在的睡覺，是件多麼珍貴稀有的事情！而當貓兒睡熟展開四肢尾巴，露出毛茸茸的肚子時，那畫面與觸感又多麼令人陶醉！怎麼能隨便打斷貓咪的睡眠呢？這是犯罪！」

「……」

「……」

「算了，我和你們這些人類沒什麼好說！我要回去幫我家的毛小孩清理貓砂和狗窩，然後躺在沙發椅上看牠們開運動會！」

蒲松雅轉身面向馬路，伸手招來一輛計程車，氣沖沖的坐入車內甩上車門。

朱孝廉看著計程車消失在對街轉角，吞吞口水沉聲道：「有時候，我真搞不清楚店長是精明的人，還是脫線的人。小媚妳不覺得嗎？」

「松雅先生是偏心的人。」

「什麼？」朱孝廉回頭問。

「松雅先生很偏心。」胡媚兒瞪著計程車離去的方向，咬牙切齒道：「願意讓小花、小黑和小金躺大腿，卻不准我靠過去枕一下！說什麼『別把香水粉底沾到我身上』、『重死了滾開！』……偏心、雙重標準、差別待遇、種族歧視！」

「小、小媚妳在說什麼？妳想睡店長的……」

「一次也好，人家也想躺看看被大家讚譽有加的大腿啊！」胡媚兒仰頭吶喊，跪下來氣憤的猛捶人行道。

朱孝廉默默看著悲憤的狐仙，感覺他寂寞二十年的少男之心，再次被店長與店長的女人深深傷害了。

他討厭有情人的人類，超討厭的啊嗚嗚嗚……

▼※▲▼※▲▼※▲▼※▲

蒲松雅不知道胡媚兒與朱孝廉的悲憤，他在返家後立刻撲向貓貓狗狗，與兩貓一狗打滾玩鬧，沾得一身毛後才洗澡就寢，在自家寵物的陪伴下一覺到天明。

這段期間蒲松雅連零點一秒鐘都沒想過翁長亭的事，直到第二天起床上工，坐在秋墳書店的櫃檯搖筆發呆時，才心不甘情不願的開始思考下一步調查。

他想要知道翁長亭在學校的實際狀況，而且必須是第一手，未經任何人轉述或扭曲過

的。為此，最好的調查方法是利用隱身符溜進校園，近距離偷看翁長亭的一舉一動。先前他和胡媚兒曾以同樣的手法，查出寶樹菩薩禪修會的主導者賈道識在外頭養小三。

雖然蒲松雅有潛入作戰的成功經驗，但他卻馬上捨棄這個方法，因為執行上太困難了。高中校園和新興邪教的根據地不同，充滿會到處亂跑的高中生，即使胡媚兒的符能將兩人從他人的視線中抹去，但只要不小心撞到人，同樣會被發現。

再說，要他在全是女學生的班級中蹲一天，光想就叫人頭皮發麻、精神無力，萬一不小心被朱孝廉知道，還會立刻被視為變態大肆宣傳。

他無論如何都不想被安上這種汙名，所以決定改採次一級的調查方式——安裝針孔攝影機偷拍翁長亭的在校狀態。

蒲松雅將自己的計畫告訴胡媚兒，要她準備攝影機和隱身符，好半夜溜進翁長亭的教室動手腳。胡媚兒一口答應，但是接著就做出讓蒲松雅吐血的建議。

「松雅先生，除了教室之外，要不要也裝一個鏡頭在符兵身上？」

胡媚兒從口袋中抓出一把寫有硃砂咒文的黃紙人形道：「我可以命令符兵跟著長亭，這樣就算長亭離開教室，我們也能拍到她身邊的事。」

蒲松雅盯著黃紙人形，沉默了好一會才開口問：「胡媚兒，妳是這個月才學會『符兵』這種法術嗎？」

「怎麼會！松雅先生你在說笑嗎？符兵這種小法術，我兩百年前就會了。」

「兩百年前，哈哈兩百年前……」

蒲松雅乾笑幾聲，抬起手碰觸胡媚兒的雙頰，掐住狐仙的臉頰肉用力往左右拉。

「松松松雅先生——」

「有這麼好用的法術，妳是不會主動拿出來用嗎！害我之前浪費半天跟拍那個好色死神棍——」

蒲松雅在怒吼中蹂躪胡媚兒的臉，掐到對方流淚才放手，板著臉要胡媚兒準備兩具針孔攝影機、一張符兵，然後自己挑一晚摸黑把東西放進學校。

「欸，只有我嗎？松雅先生不去？」胡媚兒指著自己的臉問。

「我是二手書店店長，不是飛賊或忍者。等妳拍到影像，再帶檔案到我家，我會空出時間看。」蒲松雅如此回答，然後立起寵物雜誌遮住胡媚兒的臉。

▼※▲▼※▲▼※▲▼※▲

一週後，蒲松雅接到胡媚兒的「檔案轉檔完成，雖然我還沒看過內容，但是小正說解析度和畫質都很好，一起來看吧！」不知道在雀躍什麼的簡訊，心不甘情不願的空出一天給狐仙。

附帶一提，胡媚兒簡訊中的「小正」宋燾正，是本區城隍爺宋燾公的弟弟兼專屬乩童，目前的職業是雜誌專欄作家與股市投資客，外表斯文白淨、弱不禁風，開的卻是極度搶眼的火焰車輪跑車。

「叮咚！」

蒲家的門鈴聲準時在早上九點響起，蒲松雅放下手中的寵物毛梳，走到陽臺打開內外門，先瞧見胡媚兒的臉，再看見對方手中胖嘟嘟的超市塑膠袋。

他低下頭問：「那是什麼？」

「洋芋片和啤酒！」胡媚兒高舉手中的塑膠袋，雙眼閃亮的道：「今天我們一整天都要看片子吧？看片子的時候沒有洋芋片和啤酒怎麼行呢！」

「……把那兩袋東西留在陽臺，在看完影像檔前一包一罐都不准碰。」

胡媚兒倒退兩步問：「為什麼！松雅先生不喜歡洋芋片和酒嗎？你比較喜歡爆米花和可樂嗎？」

「誰在跟妳討論個人喜好啊！我們今天不是舉辦電影馬拉松，是要從影片中抓出虐待翁長亭的人，妳給我認真嚴肅專心一點！」

蒲松雅厲聲下令，監視胡媚兒把塑膠袋放在陽臺鞋櫃上，然後扣住狐仙的手臂將人抓進客廳。他從胡媚兒手中接下裝著影像檔的塑膠盒，打開盒子正要朝光碟機走過去時，突然整個人僵住。

胡媚兒注意到這點，靠過去輕聲呼喚：「松雅先生？」

「其實我們根本不用花時間做這些吧？」

蒲松雅轉身面向胡媚兒，晃晃手中的光碟盒，「只要妳拿自白符水去灌翁長亭，直接問她『是誰傷害妳？』，整件事不就解決了嗎！根本沒必要陪女高中生、離婚婦女和大老闆聊天，更不用坐在這裡花一整天的時間看偷拍光碟。」

「這個……」

「妳現在、立刻、馬上去灌翁長亭符水。」

「這個不……」

「離開時記得把外面那兩袋東西提走，然後一個月內不准出現在我與我工作的地方。」

「這個不行啦！」

胡媚兒尖叫，搖晃雙手高聲道：「我不能直接問翁長亭，也不能讓她察覺到我靠近她的目的，萬一被發現的話……這是犯天條的事啊！」

「天條？妳該不會要跟我來『天機不可洩漏』那套吧？」

「事實上就是天機不可洩漏。」

胡媚兒指指自己的身體道：「我是出狐狸修煉成形、使用仙術道法的狐仙，和松雅先生、孝廉和長亭這種生而為人、依循人間道理的生物分屬不同世界，雖然我們可以涉足你們的世界，但是為了不破壞兩界的平衡引起災難，我們不能直接以法術改變你們的命運。」

「妳不就強行改變我的命運，把我拉進各種奇奇怪怪的事件中？」

「那個和這個不一樣啦！我有取得肅公大人的許可，是合法接近你。」

「妳明明是先斬後奏。」

「不要那麼追究細節啦！」

胡媚兒雙手扠腰強調道：「總之，我們只能以間接、引導的方式化解普通人類的劫難，如果逾越這條界線，輕則弄巧成拙，重則給自己招來天雷懲罰，是很嚴重的事，所以我不能直接問長亭！」

「只有走遠路的選項嗎？」

蒲松雅仰望天花板，腦中突然冒出新問題，低下頭問：「對了，你們不能用法術干涉普通人，但應該可以干涉自己和其他妖怪吧？同世界之間不存在破壞平衡的問題。」

「是不會有平衡問題，但是還有別的問題。」

胡媚兒伸出一隻手指，像老師一般認真說明：「不管是人還是仙妖，都受到名為『因果』的規則束縛，有些人或仙妖會為了逃避劫難或追求欲望，以強硬的手段破壞因果之線，但這種舉動通常會招來意外的反噬或可怕的天劫，因為因果之線是非常複雜綿密，難以看見全貌的巨網。」

「牽一髮而動全身？」

「差不多就是那個意思，不過動的不是全身，是整個世界的仙、妖、人。」胡媚兒放下手道：「所以與其去扯掉不想要的因果線，不如靠修煉、行善增加好的因果線，讓自己能在遭逢劫難時自動招來貴人與轉機——我的師父是這樣告訴我的。」

「然後開始瘋狂的報恩之旅嗎？」蒲松雅盯著胡媚兒的臉，挑眉問：「妳過去應該依靠過很多很多人，避開過很多很多劫難，導致自己必須報很多很多恩吧？」

「哪有很多很多那麼多！只是稍微多一點點，有點多但只有……只有多一點點。」

「真的？」蒲松雅冷眼俯視胡媚兒。

「……假的。」

胡媚兒不敵蒲松雅的壓力，迅速低下頭道：「我的師父和師兄姐都說過：『小媚的死劫和貴人數量都是本洞開洞之最，就這方面而言，妳比寶樹姥妖還厲害啊。』」

「寶樹姥妖？那是誰？」

「寶樹姥妖是有千年道行的大樹妖，但是因為她屢次用陰邪的法術與手段逃避劫難，儘管修煉千年，卻一直無法登仙位，還變成仙界與妖界的追捕對象。」

「仙妖界也有通緝犯啊……」

「有喔，而且還非常多。不過說到寶樹姥妖，她已經有五、六年沒出現了，不知道是不是終於被天劫做掉了？」

「那種事妳自己去查。」

蒲松雅轉身走向光碟機，拿出裡頭的光碟放入機器中。

液晶螢幕由黑轉亮，左半邊顯示固定在教室裡的攝影鏡頭，右半邊則是貼身拍攝翁長亭的符兵，兩個分割畫面的角度不同，但右下角的時間顯示是相同的。

蒲松雅愣了一會露出笑容，他本以為自己得分別將兩個鏡頭看一遍，現在只要花一半的時間就能完成工作，沉重的心情瞬間好起來。

胡媚兒也看到了分割畫面，但是她的反應和蒲松雅不一樣。她盯著液晶螢幕片刻後抱頭大喊：「不行，一次看兩個畫面眼睛好花！松雅先生我們先遮住一邊，看完再看另一邊吧！」

「妳以為我們在做視力測驗啊！怕眼花的話，妳看右邊、我看左邊不就好了。」

蒲松雅邊走向沙發邊說話，他坐到胡媚兒身邊，拿起遙控器將播放速度調成三倍快，盯著畫面左邊的翁長亭。

翁長亭坐在自家轎車中，由翁藪親自開車送到汴閣高中，她站在門口目送父親的座車遠

去，轉身踏入校園開始一日的生活。

早自習、朝會、下課、上課、下課……翁長亭乍看之下與普通學生一樣活動，但細看後就會發現她與同學的互動少得可憐，課堂上不曾和其他人說話，休息時間也沒有同學接近，上福利社、廁所或換教室時都是獨自一人。

不過相較於同學的疏遠，老師們卻很關心翁長亭，每每在下課後主動問她有沒有不懂的地方，在走廊上與她偶遇時也都會停下腳步打招呼。

蒲松雅皺皺眉問：「翁藪有提供資金給學校嗎？」

「資金？松雅先生為什麼這麼問？」

「因為教職員對翁長亭的態度太好。」

蒲松雅指著螢幕中笑容燦爛的訓導主任道：「我在汴閣待了三年，頭一次看見小黑笑得如此噁心，活像是跑路的人撿到頭彩彩券似的。」

「我印象中翁先生有說過，他有贊助學校的獎學金，在學校有特殊活動或競賽時也會捐錢。」胡媚兒停頓片刻，偷偷瞄著蒲松雅道：「所以……松雅先生先前說自己是汴閣的畢業生，那是真的？」

「是真的。」蒲松雅斜眼瞥向胡媚兒道：「不好意思，我看起來一點也不像知名貴族學校的畢業生。」

胡媚兒上身一震，跳起來猛揮手：「不不不，我不是那個意思，我一直都覺得松雅先生有貴公子般的氣質、頭腦和脾氣，你是汴閣的畢業生我一點也不驚訝！」

「貴公子的脾氣？妳這是在暗示我有王子病，還是任性妄為、喜怒無常如放蕩貴族？」

「怎、怎麼會是！雖然松雅先生的確又任性又容易生氣，但是我不覺得你是壞人，你只是……只是情緒比較激烈！」

「妳還是少說一……」

「汪汪汪！」

「喵嗚——」

貓狗的叫聲將兩人的注意力喚回前方，蒲松雅與胡媚兒看著電視螢幕，螢幕右側是在操場上體育課的翁長亭，左側則是熄燈關門的教室。

而本該空無一人的教室內，站著一名手拿飽滿資料夾的捲髮少女。

蒲松雅與胡媚兒很快就認出那是小卷，正疑惑對方為什麼在教室而不在操場時，小卷做

出了驚人的舉動。

她走到翁長亭的座位前，先從桌子與書包中翻出課本，再由手中的資料夾內抽出一張張A4列印紙，並將紙張一一夾入課本中。

蒲松雅在紙上捕捉到黑字，立刻按下暫停鍵，走到螢幕前細看。

胡媚兒遲了一秒後也做出同樣的舉動，蹲在螢幕前瞇起眼盯著紙張，緩緩唸出上頭的文字：「不知羞恥的下賤女……裝清純誘騙別人的……做作、虛偽、噁心……黑道的女人滾回酒……什麼東西啊？」

「不知羞恥的下賤女婊子，裝清純誘騙別人的男友，做作、虛偽、噁心賤人，黑道的女人滾回酒店裡。」蒲松雅口氣平板的吐出一長串罵人之語，盯著被書本遮住五分之一的紙張道：「這不是什麼東西，是給翁長亭的攻擊信。」

胡媚兒瞪大雙眼，腦袋轉了兩圈才聽懂、看懂自己眼前發生的事，白嫩的臉瞬間轉紅，咬牙站起來扭頭往門口走。

蒲松雅趕緊抓住胡媚兒的手，攔下人厲聲問：「喂，妳要做什麼？」

「去找小卷。」胡媚兒殺氣騰騰的回答，瞇起雙眼冰冷的道：「松雅先生你別擔心，我會妥善處理這件事，我手中有七、八種法術能運用，不會留下把柄。」

「誰跟妳說我在擔心這種事？還有妳剛剛不是說，不能用法術干涉普通人嗎？給我冷靜一點！」

「我教的學生被這個女人欺負，而且將來還會被她殺掉，面對這種情況我哪能冷靜！」

「小卷不是虐待翁長亭的凶手！」蒲松雅大吼。

「她當然是凶手！」胡媚兒轉身甩開蒲松雅的手，指著電視裡的文字道：「她把那麼多惡毒的話塞進長亭的課本裡，凶手不是她會是誰！」

「小卷不是虐待翁長亭的凶手。」

蒲松雅重複說著，他直視胡媚兒憤怒的眼瞳，以同等的冷靜道：「她對翁長亭施加的傷害屬於無形的傷害，諸如鼓動同學無視、準備攻擊信或放出謠言之類，這種形式的傷害不會在翁長亭的身上留傷，也不可能殺死她——除非當事人自殺。妳的占卜有說翁長亭會自殺嗎？」

「……沒有。」

胡媚兒眼中的火焰散去，垂下手挫敗的道：「不可能是翁先生，也不是長亭的同學，那到底是誰？長亭認識的人除了家人，就只有學校同學啊。」

「妳的結論下得太快了吧？」

「事實就是如此啊！長亭是很單純的女孩，平常除了家裡、學校外，幾乎不會去第三個地方，逛街之類的還要我主動拉她去。」

「那麼，如此單純的女孩，為什麼會被同儕形容成『黑道的女人』？」

胡媚兒愣了一秒，隨即雙手握拳大喊：「那一定是造謠！」

蒲松雅搖搖頭道：「我不認為有這麼簡單，青少年的想像力雖然豐富，但大多有跡可循，翁長亭會被這麼罵，應該有什麼特別的理由。妳有線索嗎？翁長亭有和黑道接觸過？」

「長亭怎麼可能和黑……啊！」

胡媚兒的臉色轉青，沉默了好一會才開口道：「我想起來了，我在剛接長亭的家教時，翁先生有拿一張照片給我看，要我別讓照片中的人和長亭接觸，因為這個人是被警察抓過好幾次的小混混。」

「……」

「我記得這個人叫石……石太福還是石太補的樣子，因為他一直都沒出現，所以我就忘了這件事。」

胡媚兒雙眉緊皺，縮起脖子望著蒲松雅問：「松雅先生，你想凶手會是這個人嗎？這個人有可能在我和翁先生看不見的地方，偷偷傷害長亭嗎？」

蒲松雅沒有回答，他深深嘆口氣，伸手撫上胡媚兒的臉頰，然後——掐住狐仙的臉用力往左右拉！

「松松松雅先生好痛痛痛痛——」

「這種事給我早點講，妳這隻白痴狐狸！」

第四章

調查前，先陪酒？

為了懲罰胡媚兒的忘性，蒲松雅沒收了狐仙的洋芋片和啤酒，一腳將人踢出門。

「怎麼可以這樣！」

胡媚兒雙手緊扣鐵門的門把，將臉擠進牆壁與半掩的門之間，哭訴道：「松雅先生想吃的話，走幾步自己去便利商店買啦！」

「誰跟妳說我想吃啦！這是要防止妳又忘記重要的事。聽好了，去把那個石大福還是石太補的身家資料弄來，我就把那兩大袋垃圾食物還妳。」

「那才不是垃圾食物，是我重要的能量來源！」

「那麼——為了奪回妳重要的能量來源，現在、立刻、馬上去調查那個人！」

蒲松雅怒吼，接著用力一拉關上自家大門。

拜兩大袋高熱量人質之賜，胡媚兒只花了三天就送上此人的資料。

透過資料，蒲松雅總算知道這名被翁藪點名隔離的人叫什麼名字。此人既不叫石大福也不叫石太補，他有一個正經到完全不像小混混的名字——石太璞。

石太璞生於一個混亂的家庭，他的母親是酒店老闆的情婦，但父親不是賭場老闆，是老闆的保鑣——石太璞母親的情人。

報告上沒有記載這三人如何管教石太璞，不過從他洋洋灑灑一大排警局與學校記過紀錄看來，這幾人顯然沒有花什麼心力去關心自己實質或名義上的兒子，連石太璞鬧事被抓進警局時，來保人的也不是這三人，而是隔壁廟宁的廟公。

石太璞跌跌撞撞的唸完小學，升入住家周邊的國中，隔年翁長亭也進入同一所學校，但是由於石太璞曾經輟學過，所以他雖然只高翁長亭一屆，卻大對方兩歲。

不過就算是同校同學，校排名前十名的美少女資優生，與大小過數量傲視全校的吊車尾問題學生都不會有交集——如果翁長亭的學姐沒有因為嫉妒，找附近的小混混將翁長亭拖進暗巷裡的話。

根據警方的筆錄資料，當時現場有四名成年男子，這群人想對翁長亭做什麼不得而知，因為在他們幹出什麼齷齪事前，石太璞來了。

石太璞偶然路過小巷子，透過翁長亭的制服認出她是同校同學，勃然大怒出手痛毆這群欺負同學的混蛋，將這群人打到送醫。只是在這戲劇性的相遇後，石太璞與翁長亭似乎又回到平行線狀態——至少報告中是如此。

兩人國中畢業後，翁長亭就讀貴族學校繼續升學，石太璞就此中斷學業進入社會，兩條線不只沒有再交錯，還分得更遙遠。

「流氓和大小姐啊……」

蒲松雅闔上報告，望著在茶几另一端，正在狼吞虎嚥吃洋芋片的狐仙道：「身家資料就算了，妳居然連警方的筆錄都弄得到，這是使用隱身術去偷，還是色誘警察？」

胡媚兒差點被洋芋片噎到，匆匆忙忙吞下嘴中的零嘴，為自己澄清道：「我才沒有色誘警察，這份報告是阿土伯幫我做的，上頭的資料全是他找的！」

「阿土伯？」

「我們這區的土地公，我找他抱怨松雅先生沒收食物的事，他聽完後說要幫我調查，只要我讓他摸一下屁股就……咦！松雅先生你的臉色好難看，吃壞肚子嗎？」

「我沒事。」蒲松雅黑著臉回答。他沒事，只是對於本區的城隍爺是流氓刑警、土地公是色老頭感到無言罷了。

「你如果身體不舒服要說喔，我也懂一些醫理。」

胡媚兒放下空洋芋片袋，翻動報告書道：「接下來要做什麼？去拜訪石太璞嗎？阿土伯有查出石太璞的現居地。」

「當然要，不過在去之前，我想先去別的地方。」

蒲松雅的視線落向報告書，盯著書頁上某宮廟與某招待所的照片和地址道：「我想去玄帝觀和香奈可招待所，前者的廟公多次到警局把石太璞保出來，後者則是石太璞目前工作的場所。」

「那就是要去三個地方……這樣要耗一天的時間耶！松雅先生你沒問題嗎？」

「妳都已經把我拖下水了，還問我有沒有問題？」

蒲松雅反問，並從茶几下拿出書店的排班表，萬般不情願的找出最近的休假日，把日期丟給胡媚兒，約定三天後前往這三處。

而他一想到這是自己第五次把假日浪費在靈長目智人種身上，心情就非常糟糕。

▼※▲▼※▲▼※▲▼※▲

早晨的陽光灑在小巷子中，淡金色的光輝照亮老公寓的牆壁與屋簷，再落到柏油路上的機車、汽車和行人身上。

蒲松雅坐在胡媚兒的機車後座上，頂著太陽，一臉無聊的注視自家公寓大門。他先是聽見零碎的腳步聲，再瞧見鐵門被人一把拉開。

胡媚兒氣喘吁吁的站在門內，手中抓著兩頂安全帽與一個手提包。

「太慢了！」

蒲松雅盯著胡媚兒，指指自己的手錶怒喊：「我上樓按妳的門鈴時，妳不是說『我接個電話，馬上就好！』，妳的『馬上』是指二十分鐘嗎！」

「抱歉、抱歉，我以為是推銷電話，沒想到打來的人是翁先生，他問起我們的進度，跟我聊了一下長亭的近況。」

胡媚兒快步走向機車，先把一頂安全帽塞給蒲松雅，自己戴上安全帽後，再從手提包中找出機車鑰匙道：「翁先生說長亭最近心情比較好，我幫長亭上課時也這麼覺得。他說長亭今天還主動跟他說要去朋友家過夜。」

「朋友？該不會是小卷吧……」蒲松雅離開機車，讓胡媚兒將車子牽出來。

「不是、不是，是國小同學。」

胡媚兒跨上機車發動引擎，拍拍後座向蒲松雅道：「松雅先生我好了，上來吧！」

蒲松雅凝視胡媚兒與機車片刻，嘆一口氣放棄掙扎坐上後座，但手還是沒圈住狐仙，而是像上次一樣死死抓住車尾。

胡媚兒不懂蒲松雅內心的想法，一面碎唸著「松雅先生你還在客氣啊」，一面將車子騎出小巷子，朝三處地點中最靠近公寓的一處——玄帝觀前進。

玄帝觀建在距離公寓車程約半小時的山腳下，道觀本體只有普通平房的大小，屋瓦梁柱因歲月而斑駁，但上頭的石雕飛龍與交趾彩陶仍蒼勁有力；廟的左側是兩個貨櫃屋，屋前竹桿上懸掛著衣褲，看得出此處是廟中居民生活起居的地方；廟與貨櫃屋的兩側種著數棵大榕樹，濃密的樹蔭環繞廟前廣場，低垂的氣根下放著幾張長板凳與水壺，提供前來參拜的香客與演練陣頭的青少年歇腳解渴之用。

當蒲松雅與胡媚兒來到廟前時，廣場中的練習進行得正火熱。

十多名國高中生年紀的少年身穿印有「玄天上帝」的無袖圓領衫，手持刀、棍、繩索、羽扇或令牌等法器，在微熱的太陽下依照鼓聲翻身踢步。

蒲松雅站在廣場斜對面的人行道——胡媚兒先放他下來再去找停車位——隔著雙向車道遠望場內舞動與擊鼓的青少年，掃視廣場一圈後，視線停在位於少年們正後方的老人身上。

老人穿著一襲長青衫，身高不高，只到周圍青少年的肩膀左右，肩寬也不足這些年輕人的三分之二，可是他的眼神銳利如刃，蒼老的臉上充滿堅毅之色，矮小卻氣勢迫人。

老人在觀看少年們演練時，目光偶然掠過人行道，與蒲松雅四目相交。

蒲松雅趕緊轉開頭，正打算找點閒事做時，胡媚兒突然由背後拍他。

「松雅先生，我停好了，你等很……」

胡媚兒的話聲漸漸轉弱，她也和老人對上眼了。不過狐仙沒有把眼睛挪開，反而直直看回去，靜默片刻後無視交通號誌跨越馬路，快步跑向玄帝觀。

「胡媚兒！」蒲松雅大喊著跟上，追在胡媚兒身後踩上廣場的水泥地。

胡媚兒無視蒲松雅的呼喊，穿過青少年們奔向老人，停在長者的面前先鞠躬，再抬起頭認真的開口：「冒昧打擾了！我是荷湘洞的胡媚兒，是名道行尚淺的準狐仙。」

當蒲松雅追上胡媚兒時，正巧聽見對方吐出「狐仙」兩個字，他的臉色瞬間轉白，勾住

對方的手臂一把將人拖過來低聲問：「妳在做什麼啊！之前在翁藪面前自爆目的不夠，現在還要自爆身分嗎？」

「拜訪道觀廟宇時，向主事者打招呼、告知自身來歷是基本禮儀，才不是自爆身分！」

「妳不能說妳是平面模特兒就好了嗎！」

「不行啦，那樣對道長和廟裡的神明都太失禮了！而且道長也早就看出我的身分了。」

胡媚兒轉頭望向老人問：「對吧道長？您看得出我的真身。」

老人看看胡媚兒與蒲松雅，忍著笑意搖搖頭。

蒲松雅的臉上冒出青筋，瞪向狐仙怒吼：「胡、媚、兒！」

胡媚兒倒抽一口氣，舉起雙手顫抖道：「松、松雅先生！這是意外，小小的意外，偶然發生的意外，你不要……啊啊大家都在看了，松雅先生這樣不太好喔，事後會很不好解釋喔！」

蒲松雅眼角餘光瞄見少年們停下演練，好奇困惑的盯著他們兩人，頓時陷入想繼續追究胡媚兒的失誤，卻又擔心引起更大騷動的窘境中。

老人在蒲松雅進退不得時伸出援手。他乾咳一聲，揚手招來排在最前頭的少年，要對方帶著其他人去跑山路。

少年點點頭，整好隊伍將所有人帶離，原本略顯擁擠的廟前廣場一下子淨空。

老人目送少年們遠去，負手轉向蒲松雅與胡媚兒問：「前幾天我擲筊時，接到訊息說會有特別的訪客來，想必就是兩位吧？」

「是的，就是我們！」胡媚兒上前一步道：「我有請阿土伯幫我通知，不過我們想找的不是玄天上帝大人，而是道長您，您是王赤城先生吧？」

「我是。你們找我有什麼事？」

「我們想找您談石太璞的事。根據警局的紀錄，您很照顧他。」

老人——王赤城在聽見石太璞三個字時微微睜大眼，不過在胡媚兒說到「警局」後，眼眸立刻轉暗，帶著幾分警戒問：「阿太怎麼了？」

「呃！這個……」

「我們在尋找可能奪走翁長亭性命的人，他是嫌疑者之一。」

「松松松雅先生！」胡媚兒尖叫。

「怎麼了？只准妳自爆，不准我自爆？」

蒲松雅瞪胡媚兒一眼，將目光放回王赤城身上道：「我們想知道你對石太璞的評價，還有他和翁長亭的關係，好釐清他是否為凶手。」

「是否為凶手……」王赤城咀嚼這五個字，挑起單眉輕聲問：「不是判斷他為凶手，而是希望從我這兒得到佐證嗎？」

「我不幹先射箭再畫靶這種事，就算這枝箭前科累累也一樣。」蒲松雅的臉龐籠上陰影，沉下嗓音道：「再說，沒前科並不代表不會犯罪，犯罪者也不見得全都會被法律制裁。」

王赤城蹙眉凝視蒲松雅許久，轉身往廣場邊走去，「站著說話不方便，兩位請跟我來，我泡壺茶慢慢和你們說。」

王赤城將蒲松雅與胡媚兒帶到廟旁的小涼亭，由竹子和木頭搭成的亭內放著一張石桌與幾張石椅，椅旁有幾個裝滿清水的塑膠桶，桌上則有一副茶具與攜帶式瓦斯爐。他打開塑膠桶的蓋子，將裡頭的山泉水舀進鐵水壺中，打開瓦斯爐、放上水壺，撩起青衫的下襬坐下。

蒲松雅與胡媚兒坐到王赤城對面，而在兩人坐定位的同時，老人開口了。

「我第一次見到阿太時，那小子才八歲。」

王赤城望著涼亭邊的大榕樹道：「他和幾個小鬼一起溜進廟裡偷供品，我聽到聲音帶棍子出來抓人，那小子逞英雄抱住我的大腿想絆住我，結果所有人都逃了，只有他一個被我抓住狠揍一頓。」

「揍人？道長看起來不像會打小孩的人。」胡媚兒盯著王赤城的臉。

「我很擅長揍人，不信的話等我帶的小子們回來，妳可以去問他們。」王赤城笑了笑，轉開茶葉罐道：「我問出阿太的住址後，把那小子拎回去，想找他的父母好好談談，這才發現那小子的家裡根本沒人管他，他媽只在乎臉乾不乾淨，不管家裡髒不髒；他爸忙著經營酒店，只會丟錢、不會照顧小孩；被派來顧孩子的是個小流氓，只會寫數字和自己的名字。」

「我看不下去，可也沒立場管別人家的事，只能留下廟裡的電話，多罵那小子幾句後就回去了。」

「然後石太璞就主動纏上你了？」蒲松雅問。

「沒錯。」王赤城將茶葉夾進小茶壺中道：「阿太想找我報仇，每天不是偷供品就是爬到樹上躲起來嚇我，還用注音拼出一堆恐嚇信塞進放香油錢的箱子裡。而我抓到一次就揍一次，揍完後就把人綁在大榕樹下，強迫阿太聽我唸經。」

胡媚兒縮一下肩膀低聲道：「綁在樹下聽經……這招師兄也對我用過，不過我不是惡作劇，是偷喝酒。」

「不要再提妳的酒鬼事蹟了。」蒲松雅扶額道。

王赤城大笑數聲，起身將燒滾的鐵水壺從爐子上挪開，「我和阿太彼此折騰了一整個暑假，等到我回神時，那小子已經天天主動到廟裡報到，跟著我唸經、練拳、打掃和做法事，而且有事時也不是找他的爸媽，是直接打電話到廟裡。」

「所以在警方的紀錄中，來局裡領人的是你，而不是石太璞的父母……」

蒲松雅思索片刻，望向王赤城直接問：「王先生，恕我無禮，我覺得你是一位正派、關心孩子的人，但為什麼石太璞明明有你的陪伴，卻還是頻繁進出警察局？」

「因為阿太是個血氣方剛的傻小子。」王赤城將滾水注入茶壺，嘆一口氣道：「他很容易被別人慫恿或中激將法，傻呼呼的替他人出頭，每次都是在旁邊敲邊鼓的人溜了，阿太卻被抓進警局裡，要不是那小子還沒成年，否則早就被送到牢裡蹲了。」

蒲松雅問：「所以你認為石太璞雖然有不良紀錄，但他不是壞小子，是傻小子？」

「他是很傻的傻小子。」王赤城替兩位客人倒茶，再坐下來道：「又傻又痴情，所以他絕對不可能傷害翁長亭，他們可是情侶啊。」

蒲松雅與胡媚兒愣住一秒，接著雙雙前傾身子問：「你說什麼！」

「翁長亭和阿太是男女朋友。」王赤城苦笑著端起茶杯道：「那小子把長亭從混混的手中救出來後，就對長亭一見鍾情，每天到對方家裡站崗當保鑣，還學電視裡的人送花、送巧克力。」

「我本來以為這是癩蝦蟆想吃天鵝肉，不可能成的。沒想到一個多月後，我早上起來練功時，竟然看見長亭坐在樹下看阿太打拳，兩個人還騎同一輛腳踏車上學，嚇得我當天走路踢到腳，擲筊沒結果。」

「翁先生完全沒告訴我，長亭和石太璞是男女朋友。」胡媚兒滿臉錯愕的輕語，她盯著王赤城不解的問：「不過他們既然是情侶關係，為什麼翁先生會特別交代我，別讓石太璞靠近長亭？」

「因為石太璞是流氓——至少紀錄上是如此。」蒲松雅冷淡的代為回答。

他轉頭問向王赤城：「翁藪有介入石太璞與翁長亭之間，迫使兩人分手，是吧？」

「……」

「道長？」胡媚兒歪頭呼喚。

「翁藪的確反對兩人交往，但他並沒有強硬要求兩人分手，他不是阿太與長亭分開的原因，至少不是直接原因。」王赤城揪緊眉頭苦澀的道：「阿太和長亭分開的原因，是阿太想和長亭私奔，但被長亭拒絕了。」

蒲松雅與胡媚兒同時被口中的茶水嗆到，瞪著王赤城咳個不停。

王赤城將抽取式面紙推向客人，輕晃著手中的茶杯道：「那是發生在他們兩個交往六個月左右時的事，某天阿太突然怒氣沖沖的跑進廟中，不理我也不理其他人，一個人窩在榕樹下生悶氣，我以為他只是在鬧脾氣——這小子很固執，所以當時我也沒多想。」

「兩天後我起床時，神桌上多了一封錯字連篇的信，信裡說他要帶長亭去更安全幸福的地方，要我別去找他。我嚇一大跳，趕緊去阿太家、長亭家、學校、保齡球場……各種阿太可能去的地方找人，找到隔天凌晨才回廟裡，卻瞧見那個死小子一把鼻涕一把眼淚的坐在廟門口。」

「……」

「……」

「阿太沒告訴我他那天去了哪裡，發生什麼事。」王赤城將杯中的茶水一飲而盡，再次望向大榕樹道：「他也沒再去找長亭，甚至不准我們提長亭的名字。他國中畢業後就馬上離家出走，沒留給我電話或住址，不曉得死到哪裡去。」

胡媚兒開口想說話，但立刻被蒲松雅踩腳，讓她痛得閉嘴吸氣。

「我知道的就只有這些，如果你們想找那小子，不好意思你們得自己調查。」

王赤城拿起茶壺替自己倒茶，望著輕輕蕩漾的茶水道：「假如你們找到阿太，麻煩替我告訴他兩件事——第一，我還沒窮到老到需要人接濟，別每個月匯錢過來；第二，他滾出去時留了一堆東西在廟裡，那些東西很占空間，再不來拿我就全丟了。」

「如果我們找到石太璞，一定會替你轉達。」

蒲松雅喝乾杯裡的茶水，拉著胡媚兒站起來道：「謝謝你空出時間給我們，我們接下來還有其他事，就不再叨擾你了，再見。」

王赤城也跟著站起來，不過他沒有向兩人道別，而是從口袋拿出一個平安符，遞給蒲松雅道：「請將這個帶在身上。」

「抱歉，我沒有帶平安符的……」

「你身上有股不明顯的煞氣，有可能演變成血光之災。」王赤城將平安符塞進蒲松雅的手中道：「沒出事是最好，但如果真有意外，本廟的平安符多少能替你抵銷一些傷害。」

蒲松雅本想拒絕，然而王赤城的態度非常嚴肅，他只好將平安符收入上衣口袋中，轉身隨胡媚兒離開玄帝觀，朝停放機車的地方走去。

而兩人一遠離玄帝觀，胡媚兒就馬上不高興的問：「松雅先生，你剛剛為什麼不讓我說話？」

「因為妳想告訴王赤城，石太璞住在哪裡。」

「這是應該告訴道長的事啊！道長那麼關心石太璞，一定很想知道石太璞現在在哪。」

「他想知道，但他更希望石太璞自己告訴他。」蒲松雅拿起安全帽，戴上帽子、扣上帶子道：「如果妳直接告訴他，他就會陷入要不要去找石太璞的掙扎中。王赤城在情感上想見石太璞，可是在自尊心與面子上，不容許他主動去找人。」

「想見就去見啊，考慮什麼自尊心和面子，那又吃不飽，一點也不重要。」胡媚兒嘟著嘴發動機車。

「自尊心和面子對狐狸不重要，對人類很重要。」

蒲松雅跨上機車，抓住後座的把手道：「別浪費時間了，我們還有兩個地方要跑。」

▼※▲▼※▲▼※▲▼※▲

胡媚兒沒有浪費時間談自尊心、面子與吃飽的關係，因為她充分利用每個路口紅燈的時間與蒲松雅爭辯，說到蒲松雅完全失去耐性，不得不以「午餐要去哪裡吃」來轉移胡媚兒的注意力。

這招拯救了蒲松雅的耳朵和腦子，但是吃掉了整整兩個半小時的時間，因為胡媚兒挑了一家吃到飽海鮮餐廳大快朵頤。

蒲松雅只能安慰自己，他們第二個目的地——香奈可招待所的開門時間是下午兩點，太早過去也只能乾瞪眼，不如坐著看百年狐仙大戰龍蝦螃蟹。

……這種安慰有用才有鬼！

無論安慰有沒有奏效，在這令胡媚兒滿足食欲、蒲松雅完全喪失食欲的一餐後，兩人再次騎上機車前往香奈可招待所。

香奈可招待所座落於市區與郊區之間，一棟稍有年紀的玻璃帷幕大樓內。樓外雖然沒有掛招牌，不過附近的門牌標示相當清楚，蒲松雅與胡媚兒幾乎沒費多少力氣就找到招待所。

香奈可招待所位於大樓的十二樓，電梯門一開就能瞧見由金色花體字書寫的招牌，與一盞耀眼璀璨的水晶吊燈，碎鑽般的燈光灑在暗紅色地板、湛藍牆壁與插滿紅玫瑰的花瓶上，花朵嬌媚的香氣與周圍的柔美奢華相依相襯。

蒲松雅踏上紅地毯，一面張望、一面往前走，最後停在招待所的雕花毛玻璃門前，盯著門上懸掛的板子一動也不動。胡媚兒走在蒲松雅的後方，她沒發現對方停了下來，一頭撞上去，痛得她摸著鼻子問：「松雅先生怎麼了？不開門進去嗎？」

「我們進不去。」

「進不去！為什麼？是店還沒開，還是門鎖住了？」

「都不是。」

蒲松雅側身指著門口吊牌，唸出上頭的金色文字道：「本招待所採會員制，非會員請先取得會員的推薦信，再申請本所會員……我們不是會員，也不可能拿到會員推薦信，招待所的人不會讓我們進去。」

胡媚兒瞪大雙眼，焦急的望向蒲松雅問：「那我們要怎麼辦？放棄、回去？都已經到這裡了，我才不要！」

「……我倒是很想放棄，早點回去陪我家的貓咪和狗狗。」蒲松雅將頭轉向一邊。

「松雅先生別放棄啊！放棄就輸了，勝利和幸福都是屬於努力不懈的人！我的師兄是這麼告訴我的。」胡媚兒著急的扯著蒲松雅的衣袖。

「我的努力不懈，只會給妳帶來幸福吧？」

「我可以把我的幸福分給松雅先生啊！把自己的幸福和他人分享，幸福就會從一人份變成兩人份，我的師姐是這麼告訴我的。」

「妳的師姐算術有問題嗎？」

蒲松雅揮揮手要胡媚兒別回答，將目光放回門上道：「瘋話到此為止，如果不能從正門進去，就只能想辦法找偏門。」

「小松雅打算上哪兒找偏門？」

「這需要問嗎？胡媚兒妳把隱身……老、老闆？」蒲松雅轉身往後看，望著站在自己後

方的人，罕見的露出驚恐之色。

蒲松雅的背後站著一名散發濃濃東方味的美男子，烏溜明亮的鳳眼微微勾起，比女子還秀麗的鵝蛋臉上漾著淺笑，高瘦的身軀包覆在白底繡粉蓮的唐裝之下，手裡還握著一柄白折扇。

此人是荷二郎，秋墳書店的實際擁有者，和胡媚兒並列「最令蒲松雅頭痛」之人的冠軍，不過兩人令蒲松雅頭痛的理由完全相反，前者是太笨太遲鈍，後者是太聰明太敏銳。

「小松雅要去哪找偏門？」荷二郎重複問，盯著被自己嚇傻的員工，眼中洋溢好奇。

「我來收租，在路上瞧見你與小媚兒，想知道你們在忙什麼就跟過來了。」

蒲松雅張口再閉口，反覆數次後低聲問：「老闆，你怎麼會在這裡？」

荷二郎望向胡媚兒問：「小媚兒，妳和我們家小松雅在這裡做什麼？」

「我們只是單……」

「我們在調查一個叫石太璞的人，這個人在這間招待所工作，所以我們想進去問看看招待所的人對這個人的評價，但是我和松雅先生都不是會員，沒辦法進招待所。」

「胡媚兒！」蒲松雅怒吼，怒瞪胡媚兒要求解釋。

胡媚兒嗚咽一聲，舉起手遮住臉道：「松雅先生饒了我吧！我不能忤逆二郎大人啊！」

「為什麼不能？荷二郎是我的老闆又不是妳的老闆！」

「嚴格說起來，二郎大人比老闆還……」

「小媚兒。」

荷二郎輕喚，口氣不凶還面帶微笑，卻讓胡媚兒立刻閉嘴立正站好。然後，他在蒲松雅升起疑心前，望著人類問：「小松雅很重視這位名為石太璞的先生嗎？」

「不是我重視，是胡媚兒很重視。」蒲松雅下意識閃避荷二郎的目光，盯著招待所的金色招牌道：「我們在找是誰欺負胡媚兒的家教學生，這個人是嫌疑犯之一。」

「而小松雅在幫小媚兒搜查凶手？」

「……我被迫幫她找凶手。」

蒲松雅嚴正的道：「我先聲明，我是利用下班時間進行，沒有拿你的錢幹別人的事。」

「我一點也不懷疑小松雅的職業道德喔。」

荷二郎笑了笑，鳳眼在蒲松雅與胡媚兒身上流轉，思索片刻後收起扇子，問：「你們很渴望進招待所嗎？」

「沒到渴望的地步，但人都來了，空手回去總是叫人不爽。」蒲松雅瞥了店門口的牌子一眼，「不過我們不是這間店的會員，找不到其他方法的話，也只能摸摸鼻子回去。」

「我是這間店的會員喔。」

蒲松雅與胡媚兒愣住兩秒，不約而同大喊：「老闆你（二郎大人）說什麼！」

「我是香奈可的鑽級會員。」荷二郎從口袋中掏出一張透明的卡片，在兩人面前晃了晃道：「我對這間招待所的老闆有恩，所以她送我頂級會員卡，可以任意攜伴進出招待所。要我帶你們進去嗎？」

胡媚兒馬上開口想說「要」，但是蒲松雅先一步蓋住狐仙的嘴巴，抱持警戒盯著荷二郎，問：「你帶我們進去的代價是什麼？」

「說代價太傷感情了，不過我的確希望能有些回報。」

荷二郎以闔攏的扇子輕點蒲松雅的胸口道：「陪我吃一頓飯，我就帶你們進招待所，如何？這個『代價』兩位能接受嗎？」

「能！」胡媚兒拉開蒲松雅的手，上前一步拍胸道：「和二郎大人共進晚餐是我等的榮幸，這不是代價，是榮耀！」

「喂！妳這隻笨狐狸，別擅自做決定啊！」蒲松雅一掌拍向胡媚兒的頭。

「小松雅無法接受嗎？」荷二郎前傾身子靠近蒲松雅，隔著不足五、六公分的距離注視對方，微笑道：「安心吧，用餐地點與錢都由我負責，小松雅只要乖乖坐在位子上，把餐點吞下肚就好。」

胡媚兒在一旁猛點頭道：「松雅先生，你就從了二郎大人吧！用吃飽飽換招待所入場券，天底下沒有比這個更好的交易！」

「從妳個狐狸尾巴！別什麼事都用能不能吃來判斷，妳腦袋裡沒有其他東西嗎！」蒲松雅轉頭朝胡媚兒大吼，眼角餘光瞧見荷二郎又靠近了些，僵硬幾秒垂下肩膀問：「只是陪你吃晚餐，不會玩其他花招吧？」

「當然，頂多再喝幾杯小酒。你願意接受我的幫助嗎？」

「……勉強接受。」

「你可以大方的接受喔。」

荷二郎退回原位，將會員卡往門邊的水晶感應器輕輕一掃，緊閉的玻璃門立刻向內打開。

荷二郎領著蒲松雅與胡媚兒踏進招待所，他不愧是有頂級會員證的人物，一進門就立刻有三名女侍者上前，先送上冰茶，再替三人拿背包和外套，將人帶入招待所的包廂。

蒲松雅在女侍者帶路時，將招待所內部粗略看過一圈。

招待所的內部類似KTV的設計，紅底滾金的單扇門沿長廊一路排開，門上懸掛著水晶打造的花朵，半透明的水晶紅薔薇、黃雛菊、紫羅蘭、白牡丹折射燈光，將綿長的走道裝點得璀璨奪目。

「荷老闆，這邊請。」

女侍者打開懸掛水晶蓮花的包廂門，躬身將客人送進包廂內後離去。

包廂內的裝潢與家具都走中國風，附轉盤的大圓桌配上改良版太師椅，桌椅邊立著骨董矮櫃，櫃內藏有聯絡櫃檯的電話；左右白牆釘著格子窗造型的置物架，架上放置小巧玲瓏的陶藝品；兩面牆的中間是落地窗，窗外映著車水馬龍的街道。

蒲松雅走到落地窗前，看出窗子上貼有防偷窺的隔熱紙，他皺一下眉頭轉身問：「老闆，這間店該不會是做黑的吧？」

「香奈可招待所是正派經營的招待所喔。」

荷二郎走到桌邊，坐上胡媚兒拉開的椅子，輕搖折扇微笑道：「不過會員有一半都是黑的，黑道大哥、齷齪政客、蛇蠍美人、惡德商人和騙子神棍……上流社會中的黑心之人這裡都找得到，小松雅想認識一、兩個嗎？」

「半個都不想。」蒲松雅冷臉回答。他坐到荷二郎右手邊的椅子，拿起桌上的菜單酒單閱讀道：「高消費、隱密、客源複雜……石太璞挑了一個不得了的工作場所啊，調查報告上說他是『侍者』，但實際上應該是保鑣之類的吧？」

「錯了，阿太不是保鑣，是侍者兼保鑣呦。」

陌生的女子聲突然響起，蒲松雅與胡媚兒愣住一秒，轉頭朝包廂門口看去，在敞開的門外瞧見一名身著豔紅小禮服的金髮女子，和一位理著大光頭的西裝壯漢。

「諸位午安，我是這間招待所的經營者——雪莉。」

金髮女子——雪莉鞠躬，領著壯漢走進包廂，輕觸荷二郎的肩膀道：「荷老闆也真是的，每次來店裡都不先給我電話，讓我沒時間好好準備。」

「妳是需要時間準備的女人嗎？」荷二郎挑眉反問，隨即指向胡媚兒與蒲松雅道：「雪

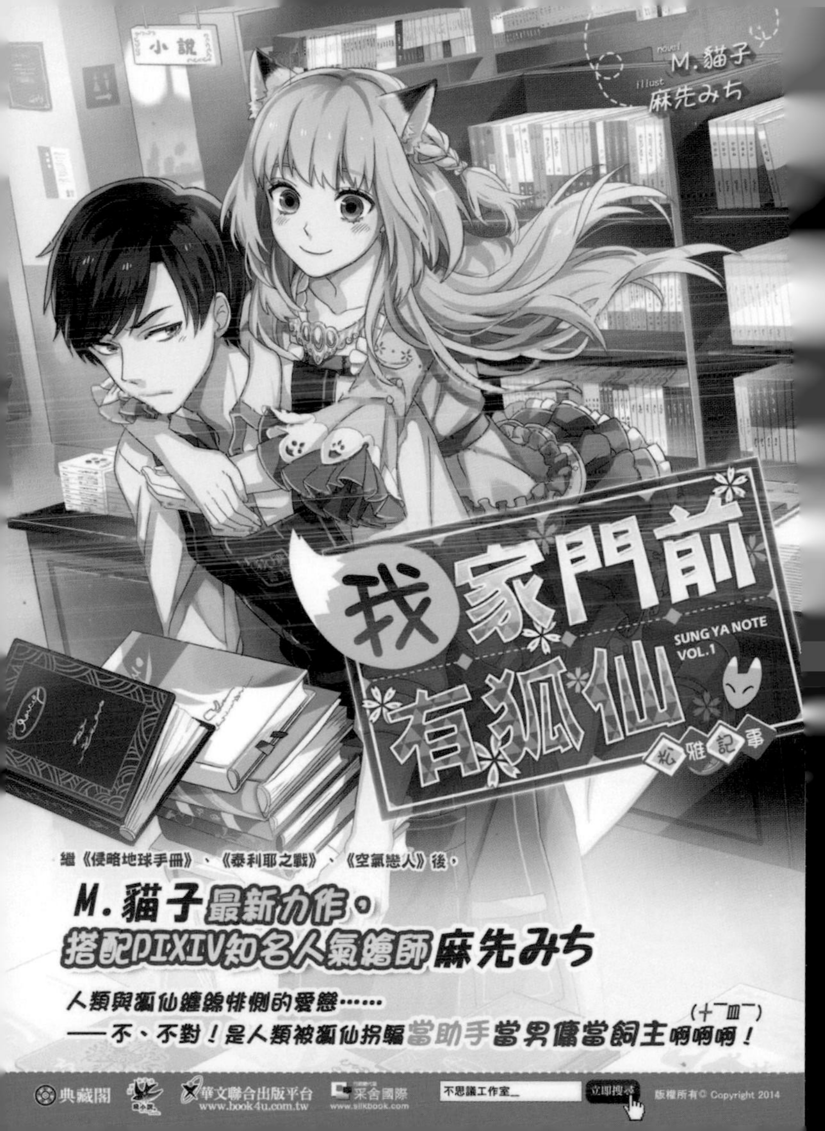
小說
novel M.貓子
illust 麻先みち
我家門前有狐仙
SUNG YA NOTE VOL.1
私雅記事
繼《侵略地球手冊》、《泰利耶之戰》、《空氣戀人》後，
M.貓子最新力作，
搭配PIXIV知名人氣繪師麻先みち
人類與狐仙纏綿悱惻的愛戀……
——不、不對！是人類被狐仙拐騙當助手當男傭當飼主啊啊啊！
典藏閣
華文聯合出版平台 www.book4u.com.tw
采舍國際 www.silkbook.com
不思議工作室
立即搜尋
版權所有© Copyright 2014

莉，想打聽石太璞的事的是他們，我的晚輩和員工。」

雪莉望向蒲松雅與胡媚兒，冰藍色的雙眼將兩人掃過一圈，犀利的眼神令被關注者竄起寒意。不過她很快就換上笑臉，坐到人類與狐仙對面問：「兩位是阿太的朋友嗎？」

「不，我們……」

「我們是阿太的朋友的朋友。」蒲松雅截斷胡媚兒的回答，再次擺出營業用的微笑，禮貌的道：「阿太的朋友聽說阿太在這裡工作，想來打個招呼，但又怕冒昧造訪會給阿太帶來困擾，所以請我們先來看看。」

「原來如此，沒想到阿太有這麼關心他的朋友，方便告訴我這位朋友的名字？」

「王赤城。」蒲松雅面不改色的扯謊道：「不過，與其說他們是朋友，不如說是乾爹與乾兒子。赤城先生在阿太國小時就認識阿太，一路照顧他到國中畢業才失去聯絡。赤城先生想知道阿太過得好不好，有沒有像從前一樣惹麻煩。」

雪莉瞇起藍眼凝視蒲松雅，沉默許久才開口道：「阿太是本招待所優秀的侍者，雖然一開始我很反對盧生——也就是我後面這位先生雇用他，我認為阿太太過衝動，空有肌肉卻沒有控制肌肉的腦袋。」

光頭壯漢——盧生向前一步，站在雪莉身邊道：「大小姐的判斷並沒有錯，阿太的確是個衝動又死腦筋的人，但他同時也是個講義氣、重承諾、不會恃強欺弱的男人，讓這種男人在三流堂口當小弟太浪費了，所以我才將人挖角到店裡。」

「三流堂口？」胡媚兒的聲音飆高，拍上桌子訝異的問：「堂口是黑道的堂口吧？石太璞國中畢業後就直接加入黑道嗎？」

盧生答道：「是不是直接加入黑道，我並不知道。不過當我遇見阿太時，他已經在堂口做一年多了。」

「他為什麼加入黑道？」蒲松雅問。

「他需要錢。」

雪莉輕撫自己手指上的戒指，盯著光滑優雅的銀戒道：「我問他會做什麼時，他說『只要給我錢，我什麼都願意做』。我以為他可能欠了賭債，或是有毒癮、養女人或男人之類的，但差人去查他的財務與健康狀況後，發現他獨身、壯得像頭牛，還有二十幾萬存款。」

盧生嚴肅道：「我不會雇用有欠債、毒癮、酒癮或性關係混亂的人，這類人太容易被抓到把柄，會危及招待所與客人。」

「阿太是個好男人。」雪莉勾起紅脣豔麗的笑道：「要不是我還不想定下來，阿太心中又早就住著別人，我說不定會去勾引他喔。」

「大小姐，請不要對員工出手，管理上會……」

「我知道、我知道，盧生你有時真像老媽子。」

雪莉不耐煩的揮揮手，將目光放回蒲松雅與胡媚兒身上，「總之，我看在盧生的推薦下，同意讓阿太在招待所工作。開始他在廚房洗盤子，但阿太很快就用二十個碎盤子證明自己沒有當洗碗工的大分，我只好把他派去當侍者，沒想到他竟然征服了招待所大多數的客人。」

「征服？什麼意思？」胡媚兒歪頭問。

「招待所內三十到六十歲左右的女會員，以及部分的男會員，常常指名要阿太服務。」

盧生以沒有高低起伏的聲音道：「她們不在意阿太的手腳沒有其他侍者俐落，臉沒有其他男侍者漂亮，都甘願付出雙倍的小費指名阿太。」

指名、漂亮、小費？蒲松雅斜眼瞄向正在一旁喝茶看戲的荷二郎，用眼神向對方質問：你確定這是正派經營的店？

荷二郎聳肩淺笑，以動作回答：難道不是嗎？

他放下茶杯，朝著雪莉與盧生問：「石太璞有提過，他為什麼需要錢嗎？」

盧生搖搖頭道：「阿太沒說過自己需要錢的原因，我只知道他非常節儉、少有應酬，幾乎把賺到的每一塊錢都存下來。」

「阿太在存結婚基金。」雪莉單手支著頭，瞇起眼道：「等他存足了錢，就會去把心中的女神娶回來，放進他買下的城堡中——我的女性直覺是這麼告訴我的。」

「大小姐，憑直覺判斷就某方面而言，幾乎與賭博無異。」

「盧生你就是老說這種沒情趣的話，才會留不住情人。」

雪莉戳戳盧生的胸口，看向蒲松雅與胡媚兒笑道：「關於阿太的事，我和盧生知道的大致如此，如果你們還想聽更詳細的事，最好直接問本人，不過阿太今明兩天都沒有班，你們恐怕得自行聯絡他。」

「謝謝，我們會自己去找他。」蒲松雅起身，朝雪莉與盧生躬身道：「謝謝你們特地空出時間來，我們……」

「抱歉打擾，貴賓們所點的餐點來了。」

兩名女侍者打開房門，她們推著餐車進入包廂，兩人一同將冒著白煙的炭燒煙囪銅火鍋放到桌子中央，再一一把涼拌菜、滷味、煎餅、兩瓶酒與三人份的餐具放妥。

蒲松雅看見侍者將碗筷放到自己面前，愣住一會，轉向雪莉道：「抱歉，我和我的朋友還有其他行程，恕我們無法接受兩位的招待。」

「招待你的不是雪莉，是我。」

荷二郎抬頭迎上蒲松雅錯愕的臉，勾起狐狸般的笑臉道：「小松雅不是答應我，只要帶你和小媚兒進招待所，就要陪我吃頓飯嗎？」

蒲松雅的臉一陣青一陣白，勉強維持笑容道：「我是答應過你沒錯，但不是現在，我和胡媚兒接下來還有其他事，而且我們也才剛吃飽……」

「喔喔——這是酸菜白肉鍋吧！多麼開胃的酸味和肉香，我光聞味道就能吃三碗飯！」

胡媚兒左手筷子右手瓷碗，迫不及待的夾起一片肉送入口中，眼睛幾乎呈現愛心狀的捧著碗望向蒲松雅道：「好吃！沒吃過這麼好吃的酸菜白肉鍋，松雅先生你也吃看看！」

「……」

「松雅先生，啊——」胡媚兒夾著白肉片湊近蒲松雅的嘴。

「妳、妳這個……」蒲松雅的營業用笑容化為碎屑，他掐住胡媚兒的左右臉頰，在拉扯狐仙的同時怒吼：「妳這個只長嘴巴與胃袋，沒生眼睛、耳朵和腦袋的白痴狐狸！別老是只想著吃吃吃，稍微、起碼、基本上配合一下我，別老是拆我的臺啊！」

「嗚嗚嗚別、別拉臉，湯湯湯灑出來了，肉、肉肉要掉了！」

「肉、湯還有妳自己，都給我掉進馬里亞納海溝吧！」

「不要啊啊啊啊——」

雪莉看著完全失去形象的兩人，噗哧一聲笑了出來。她起身道：「能讓剛飽餐一頓的貴客食指大動，是敝招待所的榮幸。容我和盧生先行告退，兩位慢慢享用餐點。」

蒲松雅緊急回頭道：「等一下，我們沒時間、沒肚子也沒打算留下來吃！」

「小松雅打算食言嗎？」荷二郎一臉失望的凝視蒲松雅。

蒲松雅後退半步僵硬的道：「我沒有要食言，只是不方便在今天……」

「今天也好，明天也罷，後天也是，你天天都不方便。」荷二郎揚起持扇的手，以扇尖點壓蒲松雅的下巴，強迫對方看著自己問：「小松雅，你就這麼討厭我嗎？」

「我沒有。老闆，我真的沒時間陪你……」

「因為我是人類嗎？」荷二郎的笑容滲入一絲苦澀，秀麗的面容染上無力道：「如果我不是人，而是你所喜愛的小動物，譬如擁有蓬鬆長毛的美麗大白狐，你就不會如此拒人於千里之外了吧？」

美麗的大白狐……蒲松雅的心頭顫動兩下，緊急將腦中的形象抹去，用力搖頭道：「我一定會陪你，只是……」

「不能現在陪我嗎？」荷二郎問，濕潤的鳳眼隨時都有可能墜下淚珠。

蒲松雅望著面前美得令人心碎的頂頭上司——雖然百分百是假裝的，但他掙扎片刻後，還是只能垂下肩膀道：「……我知道了，我留下來陪你吃飯就是了。」

「太好了！」

荷二郎臉上的苦澀與無力一掃而空，變化速度之快，彷彿剛剛的失落只是場戲，或根本是蒲松雅的錯覺。

不，應該就是演戲與錯覺——蒲松雅在心中低語，萬般不甘願的坐回位子上。

而在蒲松雅坐下的同時，荷二郎將裝滿透明液體的玻璃杯推到他面前。

「罰酒。」

荷二郎在蒲松雅發問前主動解釋，他以扇子輕敲杯壁道：「你違背自己的諾言，該罰一杯。」

「我沒有違背承諾的打算，只是想拖延，然後……這是高粱吧？你要我一口氣喝下兩百……不，是三百西西的高粱酒？」

「你也可以分十口氣或二十口氣喝，我不介意。」

「松雅先生的酒量不好嗎？」胡媚兒探頭問。

「這和酒量沒有關係！」

蒲松雅先扭頭瞪胡媚兒，再指著桌上的兩瓶酒對荷二郎道：「高粱酒可是烈酒，酒精濃度超過百分之五十的烈酒，老闆你打算直接灌醉我嗎？」

「我沒有這個打算，不過……」荷二郎收回扇子輕拍掌心道：「不過假如這能讓小松雅放下戒心，與我促膝長談，把小松雅灌醉似乎是個不錯的選擇。」

蒲松雅雙肩顫抖，終於壓抑不了怒氣拍桌大吼：「別當著我的面說要把我灌醉！」

第五章

毛小孩的治癒力量無窮大

雖然蒲松雅一絲一毫一分一點都不想喝醉，但到頭來他還是被灌醉了。

被灌醉的原因不是他心智不堅。

蒲松雅的固執是有目共睹的，只不過灌他酒的兩隻狐狸技術太好。

胡媚兒天真無邪的關心蒲松雅的酒量，把人類煩到只能在「再喝一杯」、「敲狐仙的頭」中做選擇；而荷二郎是利用作為老闆的優勢，搭配話術、裝可憐、不經意的偷倒酒……種種技巧迫使人類攝取過量酒精。

這導致蒲松雅在飯局開始不到兩小時內，就酒精衝腦失去意識，等到人醒來時，已是隔天清晨五點，落地窗外的景色直接從黃昏跳到日出。

蒲松雅躺在貴妃椅上，看著晨曦照亮馬路與包廂，先抬起手摀住自己的臉，再賞給窩在椅旁毯子裡的胡媚兒一拳。

「痛、好痛！松、松雅先生你做什麼？就算是做惡夢，也不能亂打人啊！」

「妳哪隻眼睛看到我在做夢？把毯子收一收，我們該走了！」

蒲松雅與胡媚兒離開香奈可招待所，因為兩人都還沒完全脫離酒精的影響，所以他們沒

有騎車，而是牽著機車走在人行道上。

早晨的街道寂靜無聲，馬路上不見車輛來往，騎樓中的店家鐵門緊掩，只有幾隻早起的鳥兒在樹上蹦跳。

「嗚啊啊——」胡媚兒張嘴打哈欠，舉起左手伸懶腰問：「松雅先生，接下來要去哪？拜訪石太璞嗎？」

「回家。」蒲松雅一手扶著機車，一手抹上自己陰沉的臉道：「然後洗澡、餵寵物、出門上班。我今天可是上開門班，哪有時間去找石太璞！」

「這部分不用擔心，二郎大人在離開招待所前，要我轉告松雅先生，為了讓你好好消化酒精，今天秋墳書店休店一天，松雅先生不用去上班。」

「為了讓我消化，就宣布休店一天？」

蒲松雅瞪大雙眼問，在瞧見胡媚兒點頭後翻白眼道：「算了，反正那是他的店、不是我的店，關店一天損失的也不是我的錢，他記得按時發薪水就好。」

胡媚兒偷偷瞄向蒲松雅的臉，觀察了好一會才低聲問：「松雅先生討厭二郎大人嗎？」

「為什麼這麼問？」

「因為二郎大人一出現，松雅先生就馬上變成炸毛的貓，對二郎大人的一舉一動都非常戒備，也不接受二郎大人的善意。」

胡媚兒回想蒲松雅好幾次退後、轉開目光的舉動，歪著頭不解的問：「松雅先生在面對我和孝廉的時候，總是極盡所能的占便宜，但是對二郎大人主動送出的『便宜』卻躲得遠遠的。」

「我什麼時候占妳和孝廉的便宜了？」

「很多、很多、非常多時候！每次我和孝廉休假到店裡找你，你都會趁機指使我們去上架、掃廁所、暫代櫃檯，然後在我們忙東忙西時，把我們帶來的東西吃掉。」

「誰叫你們兩個每次進店都不消費，我只好找事情讓你們抵冷氣錢。」

蒲松雅瞪胡媚兒一眼，他將視線放回前方，凝視空蕩蕩的人行道，「我不討厭老闆，我只是不知道他到底想做什麼。」

「二郎大人想和你一起吃飯啊。」

「我不是指這麼淺白的事，我是指……」

蒲松雅沉默了好一會才接續道：「我不知道老闆為什麼對我這麼好。」

胡媚兒眨眨眼偏頭道：「聽不懂。」

蒲松雅嘆一口氣，仰望飄著白雲的天空道：「我大二的時候，因為某些原因——別問是什麼原因，我不會回答——經濟陷入困頓，找打工也四處碰壁，當時對我伸出援手的人不是親戚朋友，而是和我素昧平生的荷二郎。他雇用我擔任店員，將整間店全權交給我管裡，還三不五時送些貴翻天的禮物給我。」

「這樣不好嗎？」

「不好。」蒲松雅極為迅速的回答，低下頭盯著柏油路道：「因為他沒理由對我好，至少我不知道理由，而不知道理由就不知道對方背後的企圖，不知道企圖就會被玩弄與利用。」

胡媚兒搖搖頭道：「我覺得松雅先生想太多了，二郎大人只是喜歡松雅先生，所以對松雅先生友善，就像我一樣，哪有什麼『背後的企圖』。」

「我相信妳絕對是如此，但是老闆，還有地球上六、七十億的人類統統不是如此。」

蒲松雅輕拍胡媚兒的頭一下，望著狐仙認真嚴肅道：「妳如果要在人類的社會修行，最好記住我的話……人類不會無條件對別人好，別人給妳一分利，之後肯定會從別的地方討回兩分。」

「……我還是覺得松雅先生想太多了，我從松雅先生和孝廉身上拿到很多利，但是你們並沒有向我討過回報啊。」

「那是因為孝廉是個好色的笨蛋，而我是上輩子沒燒足香的衰人。」

蒲松雅花十秒鐘哀嘆自己的爛運，眼角餘光偶然掠過對街紅酒莊的招牌，被酒精掩蓋的記憶猛然現出片段，他轉頭問胡媚兒：「對了，妳是不是有和老闆說到我？我記得我隱約聽見『如果小松雅……』、『保護』之類的話……」

「欸！」胡媚兒肩膀一震，盯著蒲松雅難以置信的道：「松雅先生你怎麼知道？你當時不是已經睡著了嗎！」

「因為我是淺眠的人。你們在說什麼？」

「呃！這個、那個……」

胡媚兒左看看右看看，僵硬不自然的大笑道：「沒、沒什麼啦哈哈哈！我們沒說什麼，什麼重要的事都沒說，只是講了些廢話，松雅先生你不需要知道。」

蒲松雅挑起單眉，傾身靠近胡媚兒道：「真可疑。你們該不會背著我，偷偷討論惡整我

的計畫吧？」

「怎怎怎麼可能！松雅先生你想太多了，這次絕對是想太多！」

胡媚兒揮著手往後退，視線在閃避時掃過附近的小巷子，她瞬間停下動作，望著巷子問：「咦，那個是長亭嗎？」

「妳轉移話題的技巧也太爛了。」

「我不是在轉移話題啦！我是真的看到長……唔！多了一個男的，而且看起來好……不妙！」

胡媚兒驚訝的大喊，鬆手放開機車，往蒲松雅斜後方的小巷子奔去。

蒲松雅趕緊扶住機車，匆匆忙忙的把車子腳架放下，轉身追上狐仙，在對方闖進巷內的前一秒扣住人。

在他拉住狐仙的同時，也看見立於小巷內的翁長亭與青年。

翁長亭套著一件棕色長風衣，黑髮盤起塞進帽子中，鮮紅圍巾盤住脖子與下巴，粗框眼鏡遮住烏溜大眼，穿著打扮與平時有很大的差別。

而相較於翁長亭密不透風的衣裝，青年明顯涼快許多。

青年上半身穿著短袖圓領衫，下半身是運動褲，短短的黑髮令人聯想到軍人或黑道打手，而他滿是肌肉的身軀、有稜有角的方臉更是加深此種感覺。

蒲松雅盯著青年的側臉，先覺得對方頗為眼熟，接著才想起自己在哪看過這張臉——石太璞的報告書。

彷彿在呼應蒲松雅的發現般，翁長亭以顫抖的聲音輕喚：「阿太，我終於找到你了，我……」

「妳來這裡做什麼？」

青年——石太璞打斷翁長亭，撇開臉口氣不善道：「這裡可不是妳這種大小姐該來的地方，回去！」

「阿太……」

「我和妳沒什麼好說的！」石太璞猛然大吼，扭頭瞪向翁長亭咬牙切齒的道：「我想說的，三年前全都說了，但是妳……妳當時竟然……我不敢相信妳竟然……混帳東西！」

翁長亭低下頭，痛苦的抿起雙唇，不敢看石太璞的臉。

石太璞的手指抽動一下，不過他沒有因此軟化，反而陷入更猛烈的憤怒中，對著翁長亭

揚起結實的右臂。

不過在石太璞做出任何舉動前，他的手先被胡媚兒扣住。

「你想對我的學生做什麼？」

胡媚兒不知何時跑到石太璞背後，纖細的手指掐住厚實的肌肉，力道之大幾乎將對方抓出瘀青來。

翁長亭嚇一大跳，拉著胡媚兒的手道：「老師妳誤會了！阿太沒有要對我做什麼。」

「他把手舉起來準備朝妳揮下去，我全都看見了！」

「不是的！阿太不是要打我，老師請妳相信我！」翁長亭邊喊邊試圖將兩人分開，無奈人力難敵狐力，她連胡媚兒的小指頭都動不了。

蒲松雅望著完全進入暴力模式的胡媚兒，仰頭吐出了一口氣，走到三人身邊拍拍狐仙的肩膀。

「胡媚兒，放手。」

「不放，這個人想揍長亭，是危險人物！」

「妳不放手，以後就別想來我家蹭飯。」

胡媚兒臉上的堅定瞬間崩解，她鬆手、轉身、雙目飆淚三個動作一氣呵成，淚眼汪汪的搖頭道：「怎、怎麼這樣！我最喜歡到松雅先生家蹭飯了，不要不准我去啊！」

蒲松雅沒料到胡媚兒反應這麼大，呆住一秒後用力拍狐仙的頭，「別為了這種白痴到極點的威脅掉淚！」

「哪裡白痴了，對我來說吃……」

「阿太！」

翁長亭突然大叫，她瞧見石太璞掉頭離開，轉身想追上去，卻因為動得太急導致左腳絆到右腳，整個人往前倒。

胡媚兒趕緊伸手撈住翁長亭，將少女從正面落地的慘劇中救出來。

石太璞聽見背後的聲響，回頭看了翁長亭與胡媚兒一眼，咬牙停頓幾秒後，終究還是扭頭走遠。

蒲松雅瞇起眼遙望石太璞的背影，走到胡媚兒身邊低聲道：「我去找石太璞，妳留在這裡照顧翁長亭。」

「松雅先生要去找那個流氓?!太危險了!還是由我去，你留下來陪長亭。」

「石太璞沒有妳想像中那麼危險，再說，妳能拋下這種狀態的翁長亭嗎？」蒲松雅偏頭指指翁長亭。

翁長亭依舊掛在胡媚兒的手臂上，清秀的臉龐爬滿淚水，下垂的四肢感受不到力量。

胡媚兒的胸口緊揪，看看翁長亭，再看看蒲松雅，無法決定要顧學生還是陪朋友。

「我好歹也是個成年男人，有起碼的自保能力。」

蒲松雅將錄音筆塞進胡媚兒的手中，靠近對方的耳朵輕語：「想辦法問出翁長亭為什麼到這裡、找石太璞有什麼事，全程錄音後交給我。」

胡媚兒掙扎了好一會，才點頭握住錄音筆。

「別搞砸了。」

蒲松雅輕拍胡媚兒的肩膀，轉身獨自朝石太璞離去的方向前進，一路上他沒有看見青年的身影，但卻沒有停下腳步尋找。

為什麼？

因為蒲松雅不用找就知道石太璞上哪去了。

▼※▲▼※▲▼※▲▼※▲

石太璞離開的方向與他的居住地相符，且身上穿的衣服不像外出服，身上還沾滿汗水，不太可能繞去其他地方。

蒲松雅循門牌號碼找到石太璞住的舊公寓，他的運氣不錯，正巧有位婦人拉著菜籃車打開大門，讓蒲松雅直接混進公寓。

根據土地公的報告，石太璞住在這間公寓頂樓的加蓋小套房，而套房房東為了避免自己忘記帶鑰匙，將大門鑰匙藏在五樓的滅火器背後。

蒲松雅爬到頂樓，從滅火器後找出鑰匙打開大門，進入被分割套房包圍的狹窄走廊。他來到最右側的套房前，敲敲木門朗聲道：「抱歉打擾了，請問石太璞先生在嗎？」

「……」

「石太璞先生，我是蒲松雅，秋墳二手書店的店長，你我並不認識，今天是第一次見面。」

「……」

「不過雖然我們沒見過面，我今……不，是昨天一天拜訪了不少你很熟悉的人物，譬如香奈可招待所的雪莉小姐和盧生先生。」

「……」

「雪莉小姐和盧生先生對你讚譽有加，他們說你是名優秀、頗受客人喜愛的好員工。」蒲松雅邊說邊掏出自己的手機，滑動螢幕設定鬧鈴道：「雖然他們都不知道你為什麼急著想要錢，但是兩人都對你抱持很高的信任。」

「……」

「除了這兩位外，我還去了幺帝觀，和廟公王赤城先生說了些話。王先生看起來還算硬朗，只是怎麼說呢？我總覺得王老先生在隱瞞什麼，他似乎不太……」

「喵喵汪汪喵喵汪汪，喵、喵、喵、喵、汪！」

鬧鈴打斷蒲松雅的話，但他沒有按掉鈴聲，而是裝出不好意思的口氣道：「抱歉！有電話來了，今天就到此為止吧，王先生就……」

「你說那老頭『不太』什麼！」

石太璞猛然打開房門，他上身赤裸，脖子上掛著一條毛巾，看樣子是擦汗擦到一半，就被蒲松雅突襲中斷作業。

「……不太高興。」

蒲松雅回話後，關掉鬧鈴、收起虛假的客氣，嚴肅的問：「你剛剛揮拳的對象不是翁長亭，是你自己吧？」

石太璞睜大雙眼，雖然沒有以言語回答，但已透過表情做出答覆。

「果然如此……打擾了。」

蒲松雅一個箭步擠進套房內，雙眼將不到四坪的小房間掃過一輪。

房內的家具很少，只有床、方桌、椅子和一個小冰箱，不見電視、電腦之類的娛樂器材，裝飾品也只有方桌上的木頭相框。

石太璞發現蒲松雅盯著相框，立刻以身體擋住桌子大聲吼道：「喂！誰准你進來了？滾出去！」

「我會出去，只要我得到答案。」

蒲松雅大膽的坐到床上，蹺起腳遠望木頭相框道：「在和你見面前，我以為你和翁長亭是偶像劇中常見的小姐與流氓的組合，因為彼此的背景、性格與家世差距太大而相戀，再因相同的理由遭到家人反對而分離。」

「但是這種分離對熱戀的情侶來說，只會給戀情加溫而不會降溫，於是你和翁長亭背著家人偷偷來往，期間你受不了秘密交往導致的鬱悶與煩躁，不時毆打翁長亭。」

「我沒有毆打小亭，一次都沒有！」

「我知道你沒有，我在看見你對著翁長亭舉起手臂時，就把自己的推測推翻了，因為你雖然握拳抬起手，可是虎口卻是向著內側。」

蒲松雅看向石太璞的上半身，望著上頭大大小小、新新舊舊的瘀青問：「你想揍的人不是翁長亭，是你自己吧？你藉由自殘的疼痛來壓抑怒氣。」

石太璞整個人僵住，沉默了好一會才低聲道：「那又怎樣？和你沒關係！」

「的確和我無關，而且我也不想和這種鳥事有關係。」

蒲松雅抬起頭注視著石太璞，嚴肅道：「與此事有關的是我的朋友，她在尋找可能凌虐自己的學生——你的前女友翁長亭——的凶手。」

石太璞的臉上先浮現訝異的表情，再咬牙露出憤怒之色，然而憤怒很快就轉為苦澀，雙手緊握不說一句話。

蒲松雅默默觀察石太璞的變化，起身走到對方面前問：「你知道些什麼吧？」

「……」

「加害翁長亭的人是誰？」

「……」

「你有線索嗎？」

「……」

「是翁藪、翁長亭的同學？還是其他人嗎？」

石太璞動了動嘴巴，撇開頭沙啞的道：「我答應過小亭，絕對不會告訴任何人。」

「即使這會害她丟掉性命？」蒲松雅問。

這個問題令石太璞猛然轉頭，殺氣騰騰的瞪過來。

「我會保護小亭！」

石太璞伸手揪住蒲松雅的衣領，將人拉到自己面前道：「我不會讓任何人傷害她！我會把欺負她的人統統打倒，一個都不留的打倒！我……」

「你不在她身邊。」蒲松雅冷酷的說著，他直視石太璞的雙眼道：「而且容我提醒你，

你十分鐘前才親口趕翁長亭走，說自己和她無話可說。」

石太璞的肩膀震動一下，一把將蒲松雅扔到牆壁上，轉身面對桌子不發一語。

蒲松雅拉拉皺起的衣服，望著石太璞的背影片刻，判斷對方不可能鬆口後，將話題轉回最初道：「王老先生託我帶話給你，他說，自己不是清貧老人，不需要你接濟，還有你再不回玄帝觀整理自己的雜物，他就要把你的東西統統丟掉。」

「……」

「王老先生很健康，玄帝觀也經營得不錯，你不用擔心。」

蒲松雅走出套房，而在他關上房門的同時，石太璞開始搥打自己的胸口。

肌肉與肌肉相撞的鈍響在狹小的走廊中迴盪，聽起來煩躁又無力，如同蒲松雅此刻的心情……

沒有比找到裝有答案的箱子了，卻怎麼都撬不開箱上的鎖頭更令人煩躁的事了。

▼※▲▼※▲▼※▲▼※▲

對大多數的店家而言，禮拜六的夜晚是生意最好的時候，不過秋墳書店相反，週六夜是一週中最悠閒的時刻。

書店裡年長的老顧客在家中張羅晚餐，年輕的小顧客則在鬧區的街道、網路遊戲裡玩樂，沒有人有時間或興趣在這種時刻造訪二手租書店。

蒲松雅坐在櫃檯內，他望著空空如也的座位區，一臉鬱悶的以指尖輕敲桌面。

讓他心情糟糕的不是沒有客人——事實上蒲松雅最喜歡無人的秋墳書店——而是盤據在心中的問題：是誰威脅翁長亭性命？

蒲松雅認為石太璞知道這個問題的答案，或者至少知道尋找答案的方向，然而對方拒絕給出解答與線索，他只能把希望放在胡媚兒身上，希望狐仙能從翁長亭身上問出什麼。

遺憾的是，胡媚兒的套話功力遠遜於蒲松雅，而翁長亭的嘴巴又比石太璞緊上數倍，在長達四十分鐘的聲音檔中，七分鐘是空白，三十二分鐘是胡媚兒在說話，翁長亭自己只講了不到三十秒。

翁長亭以哽咽顫抖的聲音道：「對不起……老師對不起！但是我不能……我知道我沒有資格，但是我好想見阿太，我一聽烏阿姨說她見過阿太，就忍不住問她……請老師不要告訴

父親！絕對不要！」

從這段話中，不要說凶手的線索了，甚至還製造了更多的問題，例如翁長亭在不能什麼、沒資格什麼、忍不住什麼。

問題、問題、問題！蒲松雅和胡媚兒花了一個多月的時間東奔西跑，找出有問題的人，再一一將這些人從問題名單上剔除，繞了一大圈後只是從「全無頭緒」，再次回到「全無頭緒」上。

「翁藪、翁芙、小卷、小幸、小圈、石太璞……」

蒲松雅唸著寫在自己筆記本上的名字，亦是他一個月來調查、交談或懷疑過的人。

最初他認為翁藪的嫌疑最大，然而翁藪周圍的人全都表示，翁藪不可能傷害自己的女兒。接著他將目標轉向翁長亭的同學，發現翁長亭在學校遭到霸凌，但僅止於精神層面而非肉體傷害。最後他因為翁長亭同學的攻擊信找上石太璞，還以為自己終於找到凶手了，卻驚覺對方不是凶手，而是知道凶手是誰的人。

某個興趣是嗑藥與拿槍射擊牆壁的偵探曾說過：「當你除去所有的不可能，剩下的無論如何令人不敢相信，它必然就是真相。」

但是當蒲松雅除去所有的不可能後，卻連真相的影子都沒看見。

「該不會是我設錯前提了吧……」

蒲松雅嘆了一口氣，前傾趴上櫃檯。靜止片刻後，他猛然將手邊的紙與筆記本扔飛，站起來對著空桌空椅大吼：「不對！錯的不是前提，是我根本就不該管這種事啊！我是二手書店的店長，又不是偵探、警察或社工，女孩子有生命危險該去打一一〇或一一三，為什麼會找我處理！」

「是因為我家樓上住了一隻笨狐狸嗎？這太沒道理了！再說小說、電影、漫畫中的狐仙明明全是聰明伶俐的角色，為什麼只有我家那隻這麼蠢！不公平、不合理、不能接受——」

「松雅先生？」

「接受什麼？」

胡媚兒與朱孝廉同時發問，兩人站在書店的店門口，四隻眼睛直直看著蒲松雅。

蒲松雅維持拋擲物品的姿勢，臉色先轉青再變白，緩慢的放下雙手問：「你們兩個為什麼會在這裡？」

「店長你問這什麼問題，你忘記我今天上晚班嗎？」朱孝廉拉長脖子問。

「我是來找松雅先生，路上遇到孝廉，所以就一起過來了。」胡媚兒舉手回答。

朱孝廉愣住一秒轉向胡媚兒問：「小媚妳不是專程來找我，陪我一起顧店的嗎？」

胡媚兒揮揮手道：「不是啊，我是專程來找松雅先生，然後順道陪你到店裡，而且我馬上就要離開。」

「不——」朱孝廉先抱頭大叫，再指著蒲松雅怒吼道：「店長你上輩子燒了幾噸香？為什麼整天宅在家裡也能釣到小媚這種美少女！」

「我是上輩子忘記燒香，這輩子才被胡媚兒纏上好嗎！」蒲松雅拍桌抗議，坐回椅子上惱怒的問：「快點把東西放一放到櫃檯來，我要下班了。」

「店長你這個身在福中不知福的人，我孤家寡人一個就算了，還得在週六的夜晚顧沒有人的店啊……」

朱孝廉一把鼻涕、一把眼淚的走向櫃檯，進入休息室放背包穿背心。

蒲松雅動手收拾自己的物品，拎起側背包走出櫃檯，叫醒睡在角落的金騎士，一人一狗走出秋墳書店。

胡媚兒快步跟上蒲松雅身後，從包包中抽出一張廣告單道：「松雅先生，我們去吃晚餐吧，我發現一家很棒的餐廳，你一定會……」

「不要。」

蒲松雅不等胡媚兒說完就拒絕，他抱著濃濃的戒備與厭惡道：「我再也不要當掩飾妳四次元胃袋的煙霧彈，想找人當人頭的話，去約店裡的那一隻。」

「你誤會了啦！我不是要找你陪我吃飯，是我想陪你去吃飯。」

「我陪妳吃、妳陪我吃有差別嗎？」

「當然有！一個是滿足我，另一個是滿足松雅先生，讓你放鬆心情，把這幾日的鬱悶一掃而空。」

「有妳在，我的鬱悶永遠空不了。」

「怎、怎麼這麼說！」

胡媚兒發出哀鳴，彎腰轉向金騎士遊說：「小金你幫幫我啦！這間餐廳真的很棒，超級適合松雅先生和小金，你和你的主人都會喜歡！」

蒲松雅沒料到胡媚兒會耍這招，一個箭步擋住愛犬道：「喂！別把別人家的毛小孩扯進來，妳這是犯……」

「汪！」金騎士用頭頂頂蒲松雅的背，走到胡媚兒面前啣起廣告單，坐下來注視自己的主人。

「松雅先生，跟我來啦——」胡媚兒拉長音哀求。

蒲松雅盯著愛犬與胡媚兒，右手握起再鬆開，反覆數次後垂下肩膀低語：「我知道了，我去就是了……」

「萬歲！」

胡媚兒跳起來抱住蒲松雅，一把握住對方的手和金騎士的牽繩，拉著人與狗開心奔跑。

「別拖著我跑，我們兩個的速度差太多了，會跌倒！」

「松雅先生跌倒的話，我和小金都會接住你！沒時間慢慢走了，如果不能在五分鐘內趕到店裡，位子會被取消的！」

「五分……喂，那是紅燈啊！」

「汪嗚！」

▼※▲▼※▲▼※▲▼※▲

蒲松雅被夾在奔跑的狐仙與獵犬之間，跌跌撞撞、驚險萬分的穿越車道，跑過兩個路口、三條小巷子，來到一間粉紅色調的小餐館前。

——又是粉紅色？

蒲松雅瞪著眼前夢幻柔軟的裝潢，還沒來得及向胡媚兒抗議「這種餐廳哪裡適合我」，就直接被狐仙塞進店中。

「老闆闆闆——」

胡媚兒踢開餐館的門，不等服務生上前就高聲道：「我是胡小姐，我有訂位，兩人加一隻位！」

「兩人加一隻位是什……咦？」

蒲松雅的話聲中斷，因為突然有個暖呼呼的東西擠到他腳邊，將他的注意力往下拉。

一隻黃金獵犬幼犬靠在蒲松雅的腿上，牠友善的歪著頭，用腳一下一下撥人類的褲管。

除了黃金獵犬幼犬外，店內還有三隻狐狸犬與紅貴賓在牆邊打轉，通往二樓的樓梯則趴了一隻約克夏和柯基，左右的座位區與走道上也有許多大小、品種不同的犬隻。

蒲松雅站在大狗小狗之間，占據腦袋與身體的惱火與疲憊一掃而空，取而代之的是幾乎要將心神融化的暖意。

「松雅先生！這裡、這裡，我們的位子在這裡！」

胡媚兒在蒲松雅斜前方吶喊，在朋友入座後拿起菜單興致勃勃道：「我前陣子在網路上看到這家狗狗寵物餐廳的介紹，馬上就想到松雅先生和小金，你們一定會喜歡這間店的大胃王主僕漢堡排！要來三份嗎？」

「三份？」蒲松雅轉過頭道，「我們只有兩個人，三份太……」

「汪汪！汪汪汪！」

幼犬的吠聲打斷蒲松雅的抗議，兩隻小狗坐在他的右手邊，其中一隻叼著小布球，烏溜溜的眼睛朝人類投以期待的視線。

蒲松雅身為一個狂熱的貓狗愛好者，不可能抵擋這種目光，他很快就忘記自己要說什麼，伸手拿下小布球扔出去。

小狗追著布球奔去，再啣著布球回到桌邊，搖晃尾巴想再玩一次。

蒲松雅撿起小布球再次扔出、扔出、扔出、扔出……如此反覆了數十次，直到幼犬玩累

了躺下來睡覺才停止。

拜此之賜，蒲松雅對胡媚兒問自己要不要這個、吃不吃那個的問題，全都只用「嗯嗯、呵呵、妳選就好」回答，以至於當他終於結束愉快的你丟我撿時間，把目光放回桌子上時，眼前已擺著足以餵飽六名大漢的餐點。

蒲松雅的嘴角抽動兩下，盯著這一桌光看就令人身體沉重的食物，正想開口罵狐狸時，一隻狐狸犬攀上他的大腿。

狐狸犬對蒲松雅吐出粉紅色的舌頭，毛茸茸的臉上掛著甜美的笑容，一瞬間就融化人類的心神。

蒲松雅彎下腰，開開心心的和狐狸犬、紅貴賓、約克夏、哈士奇……所有靠近自己的狗兒玩鬧，只有在胡媚兒喊自己時抬起頭，吞下一兩口肉排、麵條或蔬菜。

蒲松雅的時間與胃腸容量不知不覺的流逝，在經過兩小時的進食與遊戲後，桌子上只剩下空盤空杯，椅子上則坐著兩名挺著大肚子的人類。

「呼啊……」

蒲松雅靠在椅背上仰頭吐氣，他的兩隻手因為不停撫摸、丟球與逗狗而發痠，血管裡的

血液也因為飽餐一頓而直衝胃部，整個人處於疲倦、恍惚卻又極為滿足的狀態。

他腦袋空空的環顧左右，看見胡媚兒蹲在地上，和一群大小狗汪汪嗚嗚個不停。

這個畫面引起蒲松雅的注意，他定眼凝視胡媚兒周圍的狗，發現牠們全是剛剛來找自己玩的狗。

這令蒲松雅從飽食的迷糊中驚醒，想起自己進店以來獲得的熱情歡迎，當時他被狗兒可愛的身姿迷住，不覺得有哪裡不對勁，但事後回想起來，就算自己的動物緣不錯，那些狗兒也友善過頭了。

不過，如果胡媚兒事先拜託過這些狗，那麼狗兒的反應就合理了。至於胡媚兒為什麼要這麼做……

——讓你放鬆心情，把這幾日的鬱悶一掃而空。

蒲松雅腦中迴盪著胡媚兒的話語。

狐仙大概是看見他為翁長亨的事，整整一週都板著臉，所以才訂下這間寵物餐廳的位子，動員動物朋友給他特別照顧。

暖意湧上蒲松雅的心頭，他拉平的嘴角緩緩揚起，銳利的雙瞳漸漸軟化，以罕見的溫柔注視胡媚兒，單手撐著頭呢喃：「真令人意外啊……妳這隻笨狐狸居然也有做對事情的時候。」

「松雅先生，你剛剛說什麼？」胡媚兒抬起頭，跨過柯基與狐狸犬跑到蒲松雅身旁，關心的問：「累了嗎？無聊嗎？還是沒吃飽？」

我吃到快吐了——如果是平常，蒲松雅會這麼回答，但今天他只是望著胡媚兒片刻，舉起右手摸摸對方的頭。

胡媚兒承受著蒲松雅手掌的重量，先是愣住，再露出燦爛的笑靨，張開雙臂撲向對方。然後，她的臉就撞上蒲松雅舉起的側背包。

胡媚兒摀著鼻子退後道：「松、松雅先生你做什麼！」

「休息夠了，來討論正事吧。」

蒲松雅放下側背包，收起柔軟，嚴肅的問：「翁家這幾天如何？有異狀嗎？」

「沒有。」胡媚兒回到座位上，以吸管攪拌玻璃杯中的冰塊道：「長亭沒再提石太璞的事，照常上課下課；翁先生在爭取新建案，東奔西跑不常待在家；小卷、小幸、小圈還是裝成長亭的朋友，一切都和先前一樣。松雅先生呢？有新的調查目標嗎？」

「沒有。」蒲松雅重複胡媚兒的回話，閉上雙眼按壓眉心道：「沒有目標、沒有線索、沒有方向，完全走進死巷子裡，沒路沒招沒辦法了。」

「松雅先生別放棄啊！這條巷子走不通，就換一條巷子再走一次，地球是圓的，一定會找到出路。」

「找路和地球是圓的沒有關係吧？」蒲松雅低聲吐槽。

不過，他雖然不認同胡媚兒的譬喻，卻被對方的第三句話「換一條巷子再走一次」打中，停滯打結的思緒再次運轉。

一直以來，他都把注意力放在翁長亭身邊的人身上，相信只要調查這些人，就能從中找出線索，對於翁長亭本人反倒沒多關注。

假如「換條巷子」，把焦點放到翁長亭身上，研究這名少女的行動來推估出凶手……

蒲松雅手指輕敲桌面，喚醒腦中與對方相關的記憶。

翁長亭穿著高領與長袖衣物，意圖隱藏自己身上的傷痕；她沒向家人、老師與同學求援，若不是胡媚兒藉由占卜得知她有生命危險，恐怕不會有人起疑；她偷偷找上石太璞，並在被胡媚兒與自己撞見後，哭求胡媚兒別告訴翁藪。

透過衣物的掩飾，蒲松雅推測翁長亭有意包庇凶手；沒向周圍人求救這點，可能是翁長亭不信任這些人，或是判斷求援會導致更糟糕的後果；而找上石太璞則是……話語。

蒲松雅掏出錄音筆戴上耳機，再次播放四十分鐘錄音檔的末段，聽著少女脆弱、發抖的過去，蒲松雅總想將翁長亭破碎的言語拼湊成完整的意思，不過這回他捨棄具體的文字，只去感受少女的情感。

他聽見了少女的恐懼、無助、後悔與一絲絲希望，將這幾個情緒編織在一起後，出來的情感是求救。

翁長亭在向石太璞求救。

她捨棄了坐在自己面前的家庭教師、共同生活的父親、一起學習的老師與同學，向分別兩年的戀人求救。

為什麼？石太璞比翁長亭的父親、老師、同學與胡媚兒更可靠嗎？

如果答案是肯定的，為什麼翁長亭會如此認定？

而石太璞與這些人有什麼決定性的差……

「嚎嗚嗚嗚——」

嘹喨的獸鳴打斷蒲松雅的思考，他呆住兩秒才認出這是胡媚兒狐狸形態時的吼聲，但發聲源不是狐仙的嘴巴，是狐仙放在餐桌上的手機。

「妳用自己的叫聲當鈴聲？」蒲松雅錯愕的問。

「是啊，我前陣子想換鈴聲，小花建議我用自己的吼聲。」

胡媚兒拿起手機，看了來電顯示一眼按下通話鍵道：「嗨，翁先生晚安！你有……長亭？我沒有和長亭在一起……你說什麼！但是我真的沒有……好，我知道，如果有消息我會馬上聯絡你。」

「怎麼了？」蒲松雅在胡媚兒掛斷電話的同時開口。

「長亭不見了。」胡媚兒垂下手，握緊沉默的手機道：「她下午告訴翁先生，說自己要和朋友一起去逛街，晚餐前會回來，但是時間過了人卻沒出現，也沒回翁先生的電話。」

「也許是玩瘋了吧，她這個年齡的女孩常常會這樣。」

「長亭不是那種女孩，她從沒漏接過我或翁先生的電話，而且……」胡媚兒抓抓頭髮困惑道：「長亭口中一起逛街的朋友是我，但是我今天一整天都關在攝影棚裡拍照，完全沒和

她見面啊。」

「沒見面！那翁長亭是……」

「不知道跑去哪了。」

胡媚兒的手指從抓轉變為扯，沉默片刻後低下頭道：「松雅先生，長亭該不會是遇上……遇上我占卜到的死劫了吧？在我們找出原因前她就……要死掉了。」

蒲松雅的手指微微震動，心中封藏許久的死亡記憶猛然竄出，回憶的寒冰猛然撲向他的心神。

——再見了阿雅、阿芳，媽媽不在時要好好照顧自己喔。

「很遺憾的通知貴府，搜救隊找到尊夫人的帳篷、殘骸，但是人……」

——我知道、我知道，不可以喝太晚，十點前要回來，否則會被阿雅罵。

「請問是蒲湘若先生的府上嗎？這裡是明德醫院，令尊蒲湘若出車禍，目前在本院的加護病房……」

——阿雅……為什麼連阿雅都不站在我這邊！

「鑑識結果出來了，那些血的確是令弟的……」

冷靜。

「汪！汪汪汪！」

金騎士的吠聲驅散破碎的回憶，黃金獵犬將腳搭在椅子上，對著主人搖晃尾巴。

蒲松雅伸手碰觸金騎士的頭，感覺大狗的體溫透過皮膚傳入心中。他深吸一口氣，恢復

他拿起手機，找出某個新建的電話號碼按下撥號鍵，在對方接通的瞬間厲聲道：「我是上週去找過你的蒲松雅，別問我為什麼有你的電話，現在沒時間討論這個。告訴我，翁長亭在你那裡嗎？」

「松雅先生，你打給誰？」胡媚兒歪頭問道。

蒲松雅沒有回答她，他一手拿手機、一手從側背包中找出紙筆，表情嚴酷的問：「她下午幾點去找你……對！不干我的事，但干你女友性命的事……三點到三點半左右。」

胡媚兒看著蒲松雅振筆疾書，礙於對方臉上的殺氣不敢打斷，壓抑著好奇心直到對方寫完、掛斷手機才二度問：「松雅先生，你……」

「我打給石太璞。」

蒲松雅將紙筆與手機丟入側背包，一面收拾私物、一面道：「他說翁長亭下午有去找他，但只停留半小時就被趕走。妳去結帳，我們沒時間耗了。」

胡媚兒抓起帳單起身問：「我們要去哪裡？石太璞住的地方？也許長亭還在那裡。」

「如果是的話，石太璞會替我們找到她。」蒲松雅拎起側背包道：「我們去翁長亭家，如果事情有新發展，才能在第一時間知道。」

「變化？」

「好的發展是她會自己回家，壞的發展則是……」

蒲松雅停頓幾秒才繼續道：「警察或醫院打電話通知我們她在哪。」

第六章

我們只要你的『瞋』

蒲松雅與胡媚兒在將金騎士送回家後，立刻騎機車直奔翁家。

兩人在出發前有先打電話給翁藪，翁藪劈頭第一句就是「長亭！妳在哪裡！」，吼叫了兩、三分鐘才稍微冷靜下來，同意讓蒲松雅與胡媚兒到家裡。

粉紅色機車再次載著兩人爬上山路，這回花費的時間只有上回的一半，因為胡媚兒一確定自己脫離測速照相機的威脅，就毫不猶豫的把油門催到底，以近乎飆車的速度奔向山腰上的別墅。

翁家看起來與兩人先前造訪時相同，拱型鐵柵門、白磚圍牆、植有荷花的花園與尖頂藍屋都沒有變化，但是空氣中卻瀰漫著微妙的緊張感，亮起的窗戶彷彿是某人目光的延伸，令受燈光籠罩的人頭皮發麻。

蒲松雅下車摘去安全帽，眼中再次浮現複雜的情緒，他遲疑一會才跟上胡媚兒的腳步，看著狐仙拿髮夾以非法手段開門。

鐵柵門很快就打開，兩人快步穿過花園來到主屋前，轉開未上鎖的主屋大門，在開門的瞬間聽到翁藪狂躁的吼聲。

「你們聽不懂嗎！」

翁藪站在走廊轉角，右手緊掐室內電話的無線話筒，左手握拳抵在牆壁上，「我的女兒被人綁走了！綁走她的人接了我打給她的電話……不！不可能是她搞丟手機被別人撿到，你女兒會這樣我女兒不會……派人去找她啊！我繳了那麼多稅給你們當薪水，不是讓你們跟我開玩笑！」

語畢，翁藪一把將無線話筒摔到地上，轉頭才發現蒲松雅與胡媚兒站在門口。

胡媚兒吞吞口水，小心翼翼的問：「翁先生，請問長亭……」

「還沒回來。」翁藪回答，他的臉上不見昔日的自信幹練，只有濃濃的恐懼和神經質。他雙手抓頭，抖著聲音道：「我一直打給長亭，但是她一直不接，好不容易有人接了，卻……卻……那是誰？哪來的人？他們想對我的長亭做什麼！」

胡媚兒被翁藪的吼聲嚇了一大跳，舉起雙手僵硬的道：「翁先生，你太激動了，坐下來喘口氣。」

翁藪無視胡媚兒的安撫，緊緊揪住自己的頭髮呼喊：「長亭啊——我的長亭怎麼了？我只剩長亭了，長亭她……把她還給我！」

蒲松雅一個箭步站到翁藪面前，粗暴的扣住對方肩膀道：「冷靜下來！現在不是歇斯底里的時候，告訴我接電話的人說了什麼！」

「松雅先生，你太凶了……」

「胡媚兒妳閉嘴！」

蒲松雅轉頭吼人，再將翁藪拉到眼前，近距離瞪著對方道：「這攸關翁長亭的性命，希望你女兒活著回來就立刻回答我！」

翁藪被蒲松雅的氣勢輾過，虛假的憤怒恢復為惶恐，雙腿一軟，整個人往下墜。

蒲松雅攬住翁藪的身體，和胡媚兒一起將人扶到客廳，盯著宛如斷線人偶的翁家主人，等待許久才等到對方開口。

「那個人……接電話的人說：呦喔，不好意思啊，這手機的主人現在不方便接電話，你是誰啊？這麼哈這個女的，一直打過來……」

翁藪將臉埋在大腿上，「我罵對方：『這是我女兒的手機，把我女兒的手機還給她，從我女兒身邊滾開！』講完，電話就掛斷了……沒找到長亭就斷了……」

胡媚兒不忍心看見翁藪如此徬徨無助，卻找不到話語來安撫對方，只能將視線投向蒲松雅求援。

蒲松雅思索著翁藪的話，沒留意到狐仙的求救目光，過了一會才開口問：「胡媚兒，翁長亭的手機上，有掛什麼可愛、女性化的手機吊飾、保護殼或圖片嗎？」

「長亭的手機上什麼都沒掛，桌面還是用預設圖片。問這個做什麼？」

「對方知道翁長亭的性別，如果手機上沒有女性化的吊飾、保護殼與桌面圖片，那麼翁長亭不是弄丟手機，而是連人帶手機被某人帶走的可能性就很高。」

「是誰帶走我女兒！」翁藪抬起頭問。

「不知道，不過我想這個問題很快就會有解答。」

蒲松雅看向放在客廳右側的電話座機道：「假如剛剛接電話的人是善意第三者，那麼應該會告訴翁長亭有人找她，以翁長亭的性格一定會馬上回電，屆時我們可以直接問她和誰在一起。但如果是惡意的第三者……」

「就不會讓長亭打回來？」胡媚兒問。

「也許會，也許不會。不過如果對方再打來，目的可能不是報告自己的位置。」

蒲松雅停頓幾秒，極度不甘願的吐出答案：「最壞的情況，是要求贖金。」

胡媚兒與翁藪的臉色瞬間刷白，盯著蒲松雅的臉三秒，同時站起來吶喊：「你說什麼！」

蒲松雅摀住耳朵，瞪著胡媚兒與翁藪道：「那只是最糟糕的猜測！並不是一定會走到那步……」

「但是松雅先生的猜測，命中率一向很高啊！」

「這男人的猜測很準嗎？」翁藪扭頭問胡媚兒。

「喂，我的猜測只是……」

「鈴鈴、鈴鈴、鈴鈴！」

電話鈴聲突然竄出，胡媚兒與翁藪的注意力馬上轉向聲音源，也同時起身打算衝去接。

「等一下！」

蒲松雅一左一右抓住兩人，望向翁藪道：「你家的電話有擴音功能吧？接通後開擴音，我要用錄音筆錄對話內容；胡媚兒妳保持安靜，必要時拿東西塞住自己的嘴。」

胡媚兒和翁藪點頭，一個真的掏出手帕塞住自己的嘴巴，另一個則是衝向室內電話，在拿起話筒之時按下擴音鍵。

「太慢了啦大叔！」帶著辛辣氣息的青年聲音冒出：「你重要的女兒可是在我們手上

喔，這麼慢可以嗎？不可以吧。」

翁藪稍稍平靜下來的心一下子重回激動狀態，雙手壓上擺放話機的矮櫃怒吼：「你是誰！把長亭怎麼了？回答我！如果你們把長亭怎麼了……」

「大叔你能怎麼辦？」青年搶在翁藪講完前發問，大笑著說下去：「你不知道我們在哪裡，也不知道我們是誰吧？這種狀態下，大叔你能拿我們怎麼樣？」

「你、你這……你這混蛋！」翁藪嘶吼。

「別生氣、別生氣，你的女兒現在還沒被我們怎麼樣，畢竟我們真正的目標不是她嘛……她只有手腳上有些瘀青，不過這是你的女兒不好，誰叫她拚命反抗，我們只好把她綁起來。」

「綁起來？你們把長亭綁起來！長亭只有我能……」

「好了啦，我知道你女兒是你的啦，吵死了！不過既然你女兒是你的，那由你出錢把她買回去也是理所當然的吧？準備好兩千萬的現鈔，然後……然後怎麼辦我們還沒想到，下次再告訴你。長亭，和妳爸爸說聲再見！」

「父……父親。」

「長亭！」

翁藪朝著發出女兒聲音的機器呼喊，可惜電話的另一端沒有傳來回音，只有結束通話的嗡嗡聲迴盪在客廳內。

翁藪望著失去人聲的話機，膝蓋緩緩彎曲，靠著矮櫃滑坐在地。

蒲松雅注視靜止不動的翁家家長，握著錄音筆站起來走到矮櫃旁，掛上電話話筒後，再拿起話筒報警。

警方在蒲松雅報案後二十多分鐘抵達，他們分成兩組人，一組在客廳架設器材，做監聽與追蹤的準備；另一組則將翁藪、蒲松雅與胡媚兒請到書房，詢問翁長亭失蹤前後的經過。這迫使蒲松雅與胡媚兒違背翁長亭的拜託，將少女兩次偷偷拜訪石太璞的事說出，令旁聽的翁藪勃然大怒，不只當場宣布要解雇胡媚兒，還跳起來對她揮拳。

而不知是運氣好還是運氣差，綁匪在翁藪失控時再次來電，打斷了這場衝突。

綁匪在這通電話中將贖金提高到一億，惡毒的以少女的哀號聲作背景音，告知翁藪他們要留翁長亭過夜後掛斷電話。

翁藪因此進入狂暴狀態，在電話邊狂吼狂叫五、六分鐘後，被警察強行拉離客廳。

警方問胡媚兒，翁家有沒有其他親人可聯絡，胡媚兒立刻交出翁芙與翁藪秘書的電話號碼，可惜兩人都是關機狀態。

拜此之賜，蒲松雅與胡媚兒莫名其妙變成翁家親友代表，即使他們一個只和翁藪見過兩次面，另一個五分鐘前剛被解雇。

兩人與警察一起待在客廳中，徹夜等待綁票犯的來電。然而遺憾的是，犯人沒有再打第三通電話，且由於前一通是透過公共電話撥打，警方追蹤到發話地點卻找不到人。

▼※▲▼※▲▼※▲▼※▲

「嗚……」

蒲松雅在僵硬感中甦醒，他張開眼看著窗外的金色晨曦，腦袋空白了五、六秒才想起自己人不在家中，而是在翁府的客廳內。

他昨晚因為抵抗不了睡魔的侵襲，找了張沙發椅闔眼打算小睡片刻，結果這一睡就從半

夜三點睡到清晨五點，精神沒有好到哪去，手腳與脖子倒是發麻發痠。

蒲松雅從椅子上站起來，邊活動身體、邊環顧客廳。

客廳內的狀態和他休息之前沒什麼改變，茶几、櫃子和地上仍擺放著筆記型電腦等電子器材，刑警們也依然守在螢幕與電話前，只是手邊的咖啡與提神飲料空罐多了些，臉上的活力少了點。

搜查沒有進展——蒲松雅從刑警們的臉上讀出這個訊息。他沒有出聲打擾這些沉默的男女，靜靜離開客廳，獨自一人在一樓閒逛。

蒲松雅想藉由行走讓腦袋清醒些，也順便找找胡媚兒在哪裡。

根據他睡前最後的記憶，胡媚兒去了洗手間。不過，除非是嚴重腹瀉之人，要不然不會有人在洗手間裡待兩個小時，所以蒲松雅沒有去洗手間找人，而是朝對方最有可能待的地方——廚房前進。

蒲松雅以為自己會在廚房看見大吃大喝的狐仙，然而廚房內雖然有用過的碗盤，流理臺上也放著空塑膠袋，卻不見製造這些物品的人。

「不在客廳也不在廚房嗎……」

蒲松雅將塑膠袋塞入垃圾桶中，摸著下巴正疑惑時，右肩突然感到一陣刺痛，他本能的舉手碰觸肩膀，目光也因此轉過去。廚房的右側牆壁上有一扇窗，蒲松雅的目光落在窗子上，視線穿過玻璃瞧見胡媚兒的身影。

狐仙獨自站在庭院中，她的周圍飄浮著數個光團，明媚大眼微微闔起，修長手指夾著符咒，渾身散發著叫人屏息的壓迫感。

可惜，不管胡媚兒擺出多嚴肅、多懾人的模樣，都對蒲松雅無效。他走到窗前，打開玻璃窗問：「妳在做什麼？」

胡媚兒整個人跳起來，睜開眼轉過頭道：「松松松雅先生？你怎麼會在那裡！」

「我在找妳。妳周圍的發光體是什麼？」

「是封鎖和隱藏咒術的簡易壇城……等等！我明明有設壇城，為什麼你還會發現我？這不科學！」

「堂堂狐狸精談什麼科不科學？我會發現妳，是因為我有眼睛啊。隔著窗戶說話不方便，我出去，妳別又跑去別的地方啊！」

蒲松雅關上窗戶，從翁宅的側門進入庭院，很快就瞧見胡媚兒與浮空光團。

他側身穿過光團間的空隙，而這個舉動令胡媚兒張大嘴巴，像是目睹哥吉拉爬上海岸般震驚。

蒲松雅不悅的挑眉問：「妳那是什麼表情？我又沒做什麼詭異恐怖的事。」

「你明明做了非常詭異、超級恐怖的事！沒修行過的人居然能看破三百年道行狐仙的壇城，松雅先生你很異常啊！你最近有沒有在奇怪的地方遇到奇怪的人，拿了或喝了奇怪的東西？」

「我身邊最奇怪的人就是妳！」

蒲松雅伸手彈胡媚兒的眉心，雙手扠腰不耐煩的道：「夠了，別糾結這種亂七八糟的問題，妳到底在這裡做什麼？」

「……開天眼。」

「啊？」

「解開我的天眼的封印。」胡媚兒壓著微微紅腫的額頭道：「然後用天眼找出長亭的位置，去把人救出來。」

蒲松雅的雙眼微微張大，他沒有問胡媚兒「辦得到嗎」，因為從狐仙的表情與語氣，已

經清楚表達這完全沒問題。

所以，他吐出的是別的問題。

「可以嗎？」

蒲松雅面色凝重的問：「這算是以法術直接干涉人類，會擾亂兩界平衡和因果線，給妳招來什麼天災還是天劫的舉動吧，真的可以嗎？」

「是有可能招來天劫，而且如果被上面的人知道我擅自動用天眼，也會降下罰責，但是……」胡媚兒沉默數秒，看向蒲松雅堅定道：「現在不是顧慮這種事的時候，我要救長亭，絕對不讓任何人奪走她的性命。」

「因為她是妳的恩人？為了報恩而賠上自己，這樣值得嗎？」

「這不只是報恩！雖然一開始是為了報恩沒錯，可是在我成為長亭的老師，和她相處兩個多月後，她對我已經不只是恩人了。」胡媚兒將手放到胸口上，目光筆直的道：「她是我的朋友，我不會棄朋友於不顧，只要能挽救朋友的性命，不管什麼事我都會去做！」

蒲松雅聽著胡媚兒義無反顧的言語，腦中閃過許多刻骨又極欲遺忘的記憶，在將過去與現在兩相對照後，他露出苦澀的笑容。

胡媚兒讀不懂，蹙眉一臉疑惑的問：「怎麼了？」

「沒事。」蒲松雅回答，抬起右手放到胡媚兒的頭頂，輕拍兩下苦笑道：「妳真是隻……笨到極點的狐狸。」

「這是事實，一點也不過分。」

「笨、笨到極點？就算我沒有松雅先生那麼聰明，『笨到極點』也太過分了！」

蒲松雅壓壓胡媚兒的頭，抽回自己的手，掃視光團問：「有什麼我能幫忙的嗎？」

「你要幫我？你贊成我這麼做？」

「不管我贊不贊成，妳都會做到底吧？所以別浪費時間了，告訴我我該做的事。」

胡媚兒神色一凜，指著光團之外道：「請松雅先生先退出去，然後幫我注意周圍，別讓其他人類發現壇城。」

蒲松雅走出光團的範圍，左右轉頭留意房舍的窗子、庭院兩側有無閒雜人士靠近。

而在蒲松雅離開並背對壇城的同時，他聽見胡媚兒以無比清澈的聲音唸誦：「仙師在上，弟子在下，上蒼有敕，令吾通靈，擊開天門，解禁去封，九竅光明，天地日月，照化吾身，變魂化神，急急如律令！」

星火飄過蒲松雅眼前，他愣住一秒轉身往後看，瞧見胡媚兒闔著眼站在紛飛的黃符之中，燃燒的符咒在半空中碎裂，但不是轉為漆黑灰燼，而是發亮的金粉。

金粉灑落在胡媚兒的頭與身體上，她同時睜開雙眼，水汪汪的眼瞳由黑轉金，視線越過庭院、圍牆與山路，遙望著人眼無法觸及的領域。

蒲松雅望著閃閃發光的胡媚兒，身體竄起輕微的顫慄，清楚的認知到站在自己面前的女子不是人類，而是生於異界的美麗精怪。

「找到了！」

胡媚兒驟然大喊，她先抓住蒲松雅的手，再轉身朝大門口跑，用身體直接撞開鐵柵門，來到自己的機車前。

蒲松雅驚恐的注視扭曲的鐵門，還沒能對此吐出半個字，就先被安全帽撞擊胸口。

「松雅先生沒時間發呆了，我們得快點去救長亭！」

胡媚兒一手把安全帽遞出，一手將另一頂安全帽戴到頭上，掏出鑰匙迅速發動機車，待蒲松雅一坐上來就立刻往前騎。

如果說胡媚兒先前的速度叫飆車，那此刻的車速就是拿命貼著死神跑。

她毫不減速的往山下疾行，如果遇到車子就蛇行閃避，撞見紅燈黃燈就加速衝過去，無視單行道與轉彎的限制瘋狂抄近路，一路上違反的交通規則加起來足夠讓她吃下一打罰單。

蒲松雅在此種高速之下，只能放棄不碰胡媚兒身體的堅持，抱住狐仙纖細柔韌的腰桿，努力不讓自己被甩到柏油路上。

兩人從半山腰移動到平地，周圍的景色由茂密的綠樹轉為並排的房舍，機車最後停在一間鐵皮屋前。

淡綠色的鐵皮屋門窗緊閉，不過斑駁生鏽的牆壁旁停了一輛廂型車與數輛機車，地上還倒著不少空啤酒瓶與食物包裝袋，看得出鐵皮屋雖然一副荒廢失修的模樣，但應該有人在裡頭活動。

蒲松雅一下車就注意到垃圾與車輛，他馬上進入高度警戒狀態，拉著胡媚兒弓著身子走到屋邊，蹲在窗戶下小心翼翼的伸手，想賭看看能不能把窗子拉開。

窗戶震動兩下後滑開，露出一條很小但足以讓人看見內部的縫隙。

蒲松雅緩慢的拉長脖子，靠在窗框邊往裡瞧。

鐵皮屋內有將近二十名男子，這些人坐著、躺著或站在破損的沙發與床墊上，有些人握著酒瓶打盹，有些人扛著鐵棍在鐵皮屋內閒逛。

而在這些男子的中央，是被綁在椅子上的翁長亭，以及渾身是血躺在地上的石太璞。

蒲松雅的眼瞳縮緊，低頭正在思考下一步時，耳邊突然聽見聲響，轉頭便瞧見胡媚兒從蹲姿轉為站姿。

蒲松雅倒抽一口氣低喊：「笨蛋！會被看見的，快蹲下！」

胡媚兒沒回應蒲松雅，她甚至沒將視線放在人類身上，明媚大眼中只有受俘的翁長亭、重傷的石太璞與周圍嘻笑怒罵的綁票犯，嬌美的臉龐瞬間被熊熊怒火包圍。

一名綁頭巾的男子發現窗邊有人影，他從地上撿起一根鐵管，走到窗戶前想教訓偷窺者。然而頭巾男子一個字、一個動作都沒能發出，因為胡媚兒的拳頭先一步貫穿玻璃窗，砸碎他的鼻梁。

玻璃碎裂的聲音與人體、鐵管落地的響聲驚動屋內所有人，沙發、床墊與水泥地上的人同時轉向窗戶，瞧見維持揮拳姿勢的嬌小美女，與一臉鮮紅仰躺在地的粗壯同伴。

這些人因為困惑與震驚而愣住，直到胡媚兒碰一聲將窗戶完全打開，踏著金屬窗框鑽進鐵皮屋，他們才猛然回神，陷入暴怒中。

「阿尼！妳竟然把阿尼給……」

「擅自闖入我們的地盤，妳的膽子很大嘛！」

「想被兄弟們疼愛嗎？漂亮的小姑娘。」

電視電影中常見的小混混臺詞如機關槍般連串出現，鐵皮屋內的人拿起手邊的開山刀、鐵管、鐵棍、機車大鎖和其他凶器，面目猙獰的走向胡媚兒。

——不妙！

蒲松雅在窗外目睹包圍網成形，趕緊翻出手機急著打電話報警，手指卻在按下撥號鍵前停住。

他瞧見胡媚兒凌空躍起，用膝蓋撞爛一名男子的臉，再肘擊打斷斜後方偷襲者的鎖骨，抓住哀號的偷襲者扔倒另一名偷襲者，最後後蹬地往前衝，抬起長腿將細根涼鞋扎進一名胖子的肚子。

胡媚兒在轉瞬間將四名男人打到毀容、骨折或失去意識，而她自己的損失只有涼鞋的鞋根——鞋根承受不了她的力道而折斷了。

這帶給男子們相當大的衝擊，他們看著胡媚兒彎腰脫下染血的涼鞋，停頓了好一會才有人勉強擠出聲音問：「妳、妳是什麼人！」

「翁長亭的家庭教師。」

她將涼鞋丟到一旁，赤腳踏地雙手握拳，對著男子們擺出狐拳起手式，「敢動我的學生，你們做好下地獄找焘公大人報到的覺悟了吧？」

男子們被胡媚兒沸騰的殺氣懾住，其中一人本能的後退踢到空酒罐，而酒罐倒地的聲音驚動了狐仙。

「不會饒過你們的──」

胡媚兒高聲吶喊，她向前跨出一大步，將拳頭刺向最靠近自己的男子，打凹對方拿來防禦的鐵管，再撞歪此人的下巴。男子吐出一口血後仰倒在地，彎曲的鐵管落到他的頭旁，金屬與水泥地敲出清脆的聲響。

胡媚兒單方面的屠殺就此展開！

狐仙在比自己高大不只一號的男子們之間穿梭，總是給人可愛、小巧印象的身軀發揮驚人的破壞力與速度，纖纖玉手每揮出一記就引起一陣哀號，白皙細腿每掃出一次就踢斷一根骨頭。

男子們舉起手中的武器試圖防衛與擊倒胡媚兒，然而他們的手指連狐仙的頭髮都摸不到，揮出的棍棒刀械不是被閃過，就是被捏歪踢飛扭曲變形，甚至反過來砸到使用者身上。

「唔啊……」

一名光頭男子在疼痛中張開眼睛，他在五分鐘前被胡媚兒過肩摔而昏迷，躺了好一會才醒過來。他掙扎著想站起來，雙手在撐住地板時碰觸到冰冷的物體，低頭一看發現那是一把改造手槍。

光頭男子握住手槍，將槍口對準胡媚兒的後腦勺。

蒲松雅在窗外目睹光頭男子的動作，扯著嗓子大喊：「胡媚兒，背後！」

胡媚兒轉身面對光頭男子，男子也在同一時刻扣下扳機，成串的子彈從槍口射出，直奔狐仙的頭與胸部。

——得手了！

鐵皮屋內的男子們不約而同在心中歡呼，他們期待看見胡媚兒的胸口噴出鮮血，但是直至彈匣射空，狐仙的連身裙上都沒有冒出半個紅點。

胡媚兒身上唯一的變化，是她的右手從腰側移動到胸前，握拳做出類似防禦的動作。

「……決定了。」

胡媚兒張開右手，掌中禁錮的子彈一一落地，和她冰冷的言語一起敲打男子們的心臟。

「我要讓你們用身體記住，什麼事能做，什麼事死都不能做。」

男子們低頭看看在地上滾動的子彈，再抬頭瞧瞧目光如焰的狐仙，靜默將近半分鐘後抱頭尖叫。

「空空空空手奪彈？」

「怪物啊——」

「老大、老媽、奶奶！救我！」

「讓我出去！我要出去——」

男子們的哀號聲在鐵皮屋內迴盪，他們衝向大門想逃跑，卻因為胡媚兒先一步以符咒封住門而無法逃離。

胡媚兒手握黃符，指著男子們厲聲道：「懺悔吧，愚蠢的人類！我一個都不會放過！」

「不、不要過來啊啊！」

「警察！誰去叫警察過來啊──」

蒲松雅聽著男子們的吼叫，轉身不再看宛如恐怖片片場的鐵皮屋，收起手機靠著牆壁默默蹲下。

他還是等裡面安靜下來後，再打電話報警好了。

▼※▲▼※▲▼※▲▼※▲

鐵皮屋內的求饒聲、哀鳴聲綿延了十多分鐘才消失，而警車與救護車的鳴叫聲則在鐵皮屋沉寂後十分鐘出現，車子將所有人送往醫院。

在安排車輛時，警方本想讓蒲松雅與胡媚兒陪翁長亭搭救護車，但是翁長亭本人對此強烈抵抗，堅持要與石太璞坐同一輛車。

「阿太是為了我才……我不能拋下阿太，我要和他在一起！」

翁長亭如此哭喊著。她攀在石太璞的推床邊，即使身體疲倦疼痛，仍不願意離開昏迷的戀人。

照顧翁長亭的女警難為的看向胡媚兒，胡媚兒困擾的瞄向蒲松雅，蒲松雅板著臉注視這對小戀人，思索片刻後點下頭。

於是蒲松雅、胡媚兒、翁長亭、石太璞外加兩名醫護人員，全都塞進一輛救護車裡，窩在擁擠的白車廂中朝醫院前進。

前往醫院的路途中，翁長亭意外的沒有對兩人保持沉默，緩緩道出自己遭遇的事。

「我……想見阿太，所以騙父親說我要和老師去逛街……我偷偷到阿太住的地方，看看有沒有機會能遇到他。」

翁長亭緊握石太璞的手，凝視瘀青、染血的戀人道：「當我到的時候，阿太剛好出門，我想告……想和他說話，可是阿太很生氣，他不願意和我談，所以甩開我走掉了。」

「我留在阿太的家門口，想等他回來後再試一次，但是回來的不是阿太，是幾名不認識的先生。他們告訴我，可以帶我去找阿太，我太想阿太了，所以就……對不起！非常、非常對不起，都是我太笨了！」

胡媚兒的胸口一陣抽痛，張開雙臂抱住脆弱的少女，輕撫對方的黑髮道：「夠了長亭，沒事了，妳已經安全了。」

「我、我……」翁長亭雙肩顫抖，把頭抵在病床的欄杆上哭泣道：「把老師們捲進這種事，還害阿太……阿太為了救我，被那些人……他不會原諒我，絕對不會原諒我了！」

胡媚兒用力搖頭道：「他會原諒妳，他如果不原諒妳，老師就把他揍到願意原諒！我可是荷湘洞幹架排行第三的狐狸，除了師父和大師兄外……」

「胡媚兒妳夠了。」蒲松雅握拳敲敲胡媚兒的頭，阻止狐仙毫無作用還自爆身家的安慰之語。

救護車一路鳴笛疾行，很快就將四人送到醫院的急診室前，身穿白衣的醫護人員打開車門，推著石太璞的病床往手術房奔跑。

翁長亭想跟進手術房，但是她中途就被護士攔下，帶到一旁的診療室處理傷口。過程中，蒲松雅與胡媚兒一直守在少女身邊，只有到醫院商店街替狐仙買夾腳拖時，短暫的離開七、八分鐘。

兩人本想陪翁長亭一起做筆錄，可是翁藪在此時抵達醫院，他沒有感謝蒲松雅與胡媚兒，反而大罵他們沒在第一時間通知自己，然後將人類與狐仙一腳踢開。

「騙子、說謊者、吃裡扒外的賤人！要不是妳騙我，長亭怎麼會被抓走！給我滾遠點，不准靠近長亭！」

翁藪抱緊臉色慘白的女兒破口大罵，情緒之激烈，差點讓旁邊的護士動用鎮定劑。

蒲松雅與胡媚兒無奈的退到走廊，正在思考要留還是要走時，警察走過來請他們移動到樓下的空診療室，和恢復意識的綁匪對質。

帶路的警察邊走邊抱怨：「那些人一直要我們把小姐抓起來，說小姐是野獸、恐怖分子、把鐵皮屋搗毀的真凶，主張自己才是受害者。」

「……」

「……」

「這怎麼可能！小姐的手腳這麼細，人又那麼小隻，那群混混為了脫罪，竟然想出這麼蠢的謊話……到了，兩位請進。」

警察打開診療室的門，裡頭坐了三名警察，警察的對面則是一名刺青男子。

「所以我說，你們應該去抓……」

刺青男子聽見開門聲便往右轉，臉上的狠勁在瞧見胡媚兒的瞬間消失，他猛然從椅子上彈起來，抱住旁邊的警察尖叫：「不不不不要讓那個女……那個妖怪靠近我！保護我，警察快保護我啊！」

「喂，什麼妖怪！對女孩子尊重一點！」某名警察怒吼。

「那個絕對是妖怪啊！徒、徒手把子彈給……嗚啊啊啊！媽媽我錯了，我不會再混黑道了！」

蒲松雅望著陷入歇斯底里狀態的刺青男子，仰頭深深嘆了一口氣，在警察起疑前舉起單手道：「各位警官，我想這個人可能被傷到腦子或驚嚇過度，短時間內恐怕無法回答鐵皮屋內發生的事。」

被男子抱住的警察搖頭道：「這傢伙剛剛還跩得狠，現在只是在裝瘋罷了！」

「是嗎……」蒲松雅裝出困惑的樣子，為了轉移訊問話題而提議：「那要不要問他其他問題做測試？譬如『你們為什麼想綁架翁長亭』、『綁架的詳細經過』、『石太璞是怎麼受傷的』之類。」

「這些問題我們問過了，但是這傢伙盡是亂扯……」

「我回答，我願意回答！只要把那個怪物趕出去，你們問什麼我就答什麼！」

刺青男子失控大喊，不等警察提問，就一古腦的回答蒲松雅的問題。

透過刺青男子的自白，蒲松雅等人總算搞清楚這場綁架事件的始末——和九點檔鄉土愛情劇一樣的始末。

原來這群綁票犯盯上的人不是翁長亭，而是石太璞。這群人的老大被一位女士迷住，展開強烈的追求卻屢屢受挫，正覺得急躁時，卻目睹石太璞送該名女士回家——這是香奈可招待所對酒醉客人的特殊服務。

老大不知道石太璞的身分，以為對方是勾搭心愛之人的小白臉，勃然大怒上前質問，結果自己與保鑣都遭到石太璞的痛毆，還親耳聽見女士說自己愛慕石太璞。

堂堂黑道老大哪嚥得下這口氣，於是他派出小弟，打算徹底調查石太璞後，給這個小白臉毀滅性的打擊。

「……我們守在那個姓石的住的地方，發現有個女的三天兩頭就來找他，想說這個女的可能是他的情人，所以就綁架她，打算先玩一玩再發照片給姓石的。」刺青男子縮著肩膀，低聲道：「沒想到在我們拿那女的手機拍照時，她老爸打電話來，我們就順勢……」

「順勢勒索翁先生嗎！」胡媚兒怒問，一隻腳踩上桌子道：「這種事能順勢嗎！太過分了，你們把父母親的心當成什麼了！」

刺青男子瞪著胡媚兒，嘴脣抖動幾下，雙手抓臉失控尖叫。

站在左右的警察趕緊撲向男子，一面怒斥對方、一面想辦法將他的手拉離，診療室頓時陷入混亂中。

胡媚兒被刺青男子的反應激怒，本想上前揪住對方的衣領，卻在伸手前被蒲松雅抓住，強行拖出診療室。

「松雅先生放開我，我要教訓那個混蛋人類！」

胡媚兒朝診療室的房門踢一腳，大喊：「裝什麼瘋啊！給我向長亭、翁先生、全天下的爸爸媽媽道歉！」

「我想他不是裝瘋，是真的被妳嚇瘋。」

蒲松雅繃著臉朝走廊盡頭走去，直到看見候診區的青色塑膠椅才止步，坐下來一臉疲倦的嘆氣。

胡媚兒坐到蒲松雅身邊，望著對方的側臉問：「累了？」

「累死了。」蒲松雅垂下頭道。

「要我幫你馬殺雞一下嗎？我的手勁很大，一定能捏到你渾身舒暢。」

蒲松雅想起遭到胡媚兒扭曲、凹彎、打斷的鐵棍與西瓜刀，背脊竄起一陣惡寒道：「不准碰我。」

「松雅先生不用客氣，我們都什……」

「不准碰我！」蒲松雅重複道，然後把臉埋進手掌中閉目養神。

胡媚兒注視蒲松雅片刻，將目光轉向正前方道：「對了，松雅先生，為什麼石太璞會比我們早找到長亭啊？他也開天眼嗎？」

「哪有可能啊……」蒲松雅有氣無力的回答，隨即分析道：「他大概是在接到我的電話後，馬上展開地毯式搜查，利用混黑道的人脈，想盡辦法找出來的吧。也有可能是他早就發現那群混混盯上自己，所以直接去他們的聚會場所。」

「原來如此！不過石太璞既然這麼努力的找長亭，應該不會不原諒長亭吧？」

「他愛慘翁長亭了，哪有可能不原諒？」

「沒錯、沒錯！」

胡媚兒高舉雙手，輕鬆的伸懶腰道：「太好了！這樣就全部解決了，不管是長亭和對石太璞的情感，或是那個怎麼也解不開的死劫占卜！」

「死劫占卜……」

蒲松雅腦中浮現胡媚兒之前提過的占卜，身上的睡意瞬間掃空，扭頭盯著胡媚兒。

「得找間餐廳，大吃一頓好好慶……松雅先生你怎麼了？臉色好差。」

「把妳占卜的結果再說一次。」

「什麼？」

「把結果再說一次！」蒲松雅高聲要求。

胡媚兒歪頭道：「長亭這兩個月內會遭遇死劫，除非找出此死劫的成因，否則無法迴避死劫。這個結果怎麼了？」

蒲松雅的額頭爬過冷汗，停頓幾秒才低聲道：「我們可能搞……」

「胡媚兒小姐！胡媚兒小姐在嗎？」

這時，一名警察跑進候診區，在瞧見胡媚兒後鬆一口氣道：「太好了，妳還沒離開。我們有些新問題想問妳，請和我來。」

胡媚兒點頭站起來，朝蒲松雅做出抱歉的手勢道：「抱歉，松雅先生，我先離開一下，

有什麼事等我回來再說。」

「胡媚兒，我……」

「我會儘快結束。再見！」

胡媚兒揮揮手，小跑步隨警察離開。

蒲松雅一個人站在冰冷無人的候診區，靜默幾秒後，咬牙轉身朝安全梯走去。

▼※▲▼※▲▼※▲▼※▲

蒲松雅兩階併作一階的迅速回到三樓，跨大步走到走廊盡頭的診療室——翁長亭與翁藪所待的診療室。他推開診療室的門，室內空空如也，不見護士、警察、神經質的父親或身心受創的少女。

蒲松雅掐在喇叭鎖上的手收緊，扭頭攔住一名路過的護士問：「這裡頭的人呢？」

護士嚇一大跳，但仍回答蒲松雅的問題：「人是……你是說那對父女嗎？他們回去了。」

「什麼時候走的！」

「大概十多分鐘前。先生，你問那對父女是要……」

蒲松雅沒聽完護士的話，就拋下人奔回安全梯，以最快的速度下到一樓，穿越大廳站在門口攔計程車。

他站了五、六分鐘才招到車，在上車時手和腳都在發抖，臉色蒼白如死人。

讓蒲松雅打顫、面失血色的是憤怒與恐懼，他在憤怒自己的致命失誤，恐懼此失誤可能導致的後果。

胡媚兒以為，綁架事件就是占卜中所提到的死劫，但是這個推論有個巨大的錯誤。

占卜中說，除非找出造成翁長亭死劫的成因，要不然無法迴避死劫。

但就綁架而言，能事前發現並攔阻綁票犯是最好不過，可是就算不能事前預防，事後將人救出一樣能阻止撕票。

總之，撕票不是占卜中所預示的死劫，占卜中的死劫須找出原因才能躲避，但救出被綁架的人質只需要知道地點，不一定要找出事件起因。

那麼，翁長亭真正的死劫是什麼呢？

要回答這個問題，蒲松雅必須將自己在寵物餐廳裡中斷的思考完成。

翁長亭捨棄父母、老師與胡媚兒等身邊的人，轉向遙遠、分別兩年還不歡而散的前男友求援，她為什麼做出這個決定？石太璞憑什麼比其他人更能獲得翁長亭的信任？

「……因為只有石太璞沒拿翁藪的錢。」

蒲松雅說出問題的答案，握拳搥上計程車的皮椅，深深責備自己的遲鈍。

翁藪付贍養費給翁芙、捐錢給學校、雇用胡媚兒擔任家教，這些人要看他的臉色，有義務對翁藪報告自己所見所得。可是石太璞不用，他自食其力，而且極有可能敵視翁藪。

在想通這點後，蒲松雅腦中的記憶片段開始翻轉，亮出他忽略的訊息。

首先是他第一次和翁藪見面時的對話，當時對方神情自然、口氣自信，沒有心虛或動搖的跡象，但若是細想翁藪的回答……

「長亭是我唯一的女兒，我則是她唯一可依靠的親人。長亭的母親離婚後，就沒再回來看過長亭，我獨力撫養她長大，而所有相依為命的父女，感情都會非常親密。」

「蒲先生，長亭已經十七歲了，早就過了和爸爸一起洗澡的年紀了啊。」

「我想沒有父親會偷窺女兒換衣服。」

三個回答表面上看起來很普通，不過深入探究後，就會發現翁藪幾乎全是以「別人會或不會，所以我也會或不會」答覆，沒有直接描述自己的狀態，因此不管他怎麼答都不算說謊，自然不會心虛與動搖。

接著是翁芙與女秘書對翁藪的評價，兩人都認為翁藪不會傷害翁長亭，可是也提到翁藪喜怒無常、對女兒溺愛到讓妻子嫉妒。

最後是翁長亭在救護車中的哭喊，她說：「他不會原諒我，絕對不會原諒我了！」

蒲松雅與胡媚兒以為少女說的是石太璞，可是仔細想想，石太璞都以行動證明自己願意以生命護衛翁長亭了，哪有可能不原諒戀人？

選擇向石太璞求救的原因、閃避的答覆、過度的溺愛、藏起來的暴躁脾氣，還有翁長亭恐懼的「他」，將這幾項線索與胡媚兒的占卜放在一起，「翁長亭真正的死劫是什麼呢？」此一疑問的解答就出現了

「家暴致死……」蒲松雅咬牙低語。

家暴和其他暴力形式不同，除非受害者主動求援，或是周圍人意外撞見，否則幾乎都是鬧出人命後才會曝光，是標標準準的「不知道原因就無法迴避的死劫」。

翁長亭口中不會原諒自己的「他」，不是石太璞，而是翁藪。翁藪不會原諒找上前男友的女兒，因此盛怒之下將翁長亭……

「客人，到了喔！」

計程車司機的喊聲將蒲松雅拉回現實，他匆匆忙忙掏出皮夾付車錢，下車後站在翁家圍牆前。

蒲松雅推開被狐仙拉壞的鐵柵門，一隻手伸進口袋拿手機，一面前進、一面打電話給胡媚兒，人走到宅邸的大門前，手機也在同時進入語音信箱。

他猶豫幾秒後放棄聯絡狐仙，掛斷電話，將手放上大門的門把。

試探性的拉拉門把，沒想到應該有自動上鎖功能的門竟然應聲開啟，讓蒲松雅輕輕鬆鬆踏入屋內。

屋子亮著燈，不過也僅此而已，走廊、客廳、書房與廚房中都不見人影，更聽不見任何聲音。

「沒有回家嗎？」

蒲松雅環顧空蕩蕩的客廳，正因為撲空而覺得煩躁時，突然想起自己初次進入翁藪書房時感受到的異樣感。

他轉身跑進書房，站到當初讓自己覺得不對勁的右側書櫃，將櫃子上的書籍扔到地上，東摸西找、左推右拉一陣後，手指偶然碰到某個凸起的開關，書櫃立刻往後縮，露出一道狹窄的階梯。

蒲松雅愣住一秒，想起這棟房子有挖地下室。

他撿起一本精裝書當武器，脫下鞋子小心翼翼的走下階梯，在樓梯盡頭瞧見一片厚重的長門簾，簾縫下透著淡紅色的光，與斷斷續續的呻吟。

蒲松雅緩慢的掀開門簾，抬頭朝聲音源看去，雙眼瞬間瞪至極限。

地下室不是蒲松雅記憶中放滿雜物，讓雙胞胎兄弟玩捉迷藏的秘密基地，而是左右掛著皮鞭、口枷、手銬、繩索、鐵鍊、奇怪的鐵框……等刑具，角落擺放裝有皮帶造型的奇怪旋轉椅，中央擺著一張四柱大床的詭異場所。

翁藪站在四柱大床前，手中拿著一條短鞭，鞭子一下又一下揮向大床，每次落下都引起一陣哀鳴。

「妳居然，竟然……欺騙我，和妳媽一樣，欺騙、背叛、欺騙、背叛我！」

「啊呃、呃嗚、嗚嗚！」

翁藪鞭打的對象是翁長亭。

少女的雙手懸吊於床柱下，黑色長髮凌亂的披在肩頭，身上不見外出服，只有黑色的內衣褲，還有慘不忍睹的紅腫與瘀青。

蒲松雅凍結在門簾後，他早就預料到會看見暴力場面，卻沒想到會是如此扭曲的場景。

——報警，必須馬上報警！

蒲松雅放下門簾抓起手機，不過在輸入號碼之前，簾外響起破碎的喊聲，他瞬間停止撥號，抓著手機再次撥開厚簾。

「賤人、賤人、賤人、賤人！」翁藪拋開短鞭，雙手搭上翁長亭的脖子，表情猙獰的收緊手指吶喊：「不會原諒妳！絕對不原諒妳！妳是我的，任何人都不准奪走妳！」

「咳！咳呃、呃啊……」翁長亭扭著身體掙扎，可惜在雙手受縛與兩人的力量差距下，她無法撼動翁藪半分。

蒲松雅看不見翁藪的動作——他的位置只能看見對方的背影，但是他很快就察覺床上發生了什麼事。沒有選擇的蒲松雅拋下手機與門簾，衝到四柱大床前高舉精裝書，朝翁藪的後腦勺敲下去。

翁藪雙眼瞪大，在發出哀聲前就被敲昏，鬆開手軟倒在床角。

蒲松雅將翁藪推下床，放下精裝書，伸手觸摸翁長亭的咽喉，在確定對方還有脈搏後鬆了一口氣。

翁長亭垂著頭猛咳嗽，瞇眼望著蒲松雅道：「你、你是……老師的未……」

「我不是胡媚兒的未婚夫！」蒲松雅厲聲糾正，他伸手想將翁長亭的雙手放下來，卻發現少女的手是被手銬銬住，沒有鑰匙不可能打開。

蒲松雅左右轉頭尋找鑰匙，然而無論是床鋪、椅子、牆壁還是地上，都不見鑰匙的影子，他焦急的問：「翁長亭，妳知道手銬的鑰匙在哪嗎？」

「不……不知……道。」

「該死……別用這麼麻煩的方式鎖人啊，一般玩ＳＭ不都是用皮手銬嗎！給我打開！」

蒲松雅抓住手銬拉扯兩下，原本只想發洩不滿，結果手銬竟喀嚓一聲滑開，讓他的不滿瞬間變成訝異。他盯著打開的手銬幾秒，轉身去搖晃另外一個手銬。

不過，在蒲松雅晃開第二個手銬前，眼角餘光先瞄見一個朱紅色的物體，他本能的偏頭看向該物，在認出那是玄帝觀的平安符的同時，子彈擦過他的臉頰。

「不准……不准碰我的長亭！」

翁藪不知何時醒來，握著手槍對準蒲松雅的頭，爬滿血絲的眼睛中滿是狂亂。

蒲松雅一手壓著臉上的傷口，轉身往後看，剛剛若不是平安符讓他轉頭，此刻他恐怕已經被翁藪打穿腦袋。

「離開長亭，立刻離開我的長亭！」

翁藪左搖右晃的走向四柱大床，持槍的手雖然頻頻顫抖，槍口卻從沒離開蒲松雅。

蒲松雅沒有胡媚兒空手抓子彈的絕技，只能舉起雙手退後，拚命轉動大腦尋找逆轉局勢的辦法。

他沒有想到法子，可是卻獲得反擊的機會，因為翁長亭在父親靠到床鋪時，勇敢抓住翁藪的手臂，使出所有力氣將擁槍的大男人拖向床鋪。

「長亭！」

翁藪嚇一大跳怒吼，他回頭試圖推開女兒，視線因此從蒲松雅身上挪開。蒲松雅趁機往前衝，撲倒翁藪後搶奪對方手上的槍，兩人在床柱之間扭打，先不小心肘擊撞暈翁長亭，再讓手槍噴出兩顆子彈，一顆穿過床頂沒入天花板，一顆則貫穿蒲松雅的肩膀。

蒲松雅的右肩瞬間被灼熱與劇痛籠罩，手臂的力量也同時消失大半。眼看翁藪即將爬起來反擊，他心一橫，先後仰再前傾頭槌對方！

這一撞讓蒲松雅眼冒白花，不過底下的人也停止了掙扎，他忍住暈眩抽走翁藪的手槍，將槍口對準對方的右臂，收緊食指後，卻緩緩放開，終究沒扣下扳機。

「……你比令弟心軟得多啊。」

第三者的聲音突然竄出，蒲松雅身體一僵往後轉，只見眼前飛過一大片黑羽，意識也同時中斷。

烏金華抱住蒲松雅的身軀，將軟倒的人類放到地上，她踩著高跟鞋走到四柱大床前，俯身拍拍翁藪的臉頰。

翁藪在拍打中張開雙眼，在認出來者後先呆住，再從床上彈坐起道：「妳、妳居然還有臉來找我！妳這個……」

「背著你告訴長亭，石太璞住在哪裡的賤人？」烏金華微笑反問，掏出手帕擦拭翁藪額頭上的血道：「我只是要完成自己的工作，才告訴長亭有關石太璞的事。看在我們多年的合作情誼，原諒我吧。」

「工作？妳的工作不是輔助我嗎？要不然我捐錢給妳做什麼！」

「不是喔，那只是興趣，不過也可說是工作的一部分。」

「什麼興趣、工作，妳在說……」

翁藪瞧見蒲松雅的腳，立刻恢復暴怒狀態大喊：「那個混蛋為什麼還在！把他拖出……不，扒光衣服吊起來，我要親手制裁他！」

烏金華蹙蹙眉，雙手抱胸淺笑道：「哎呀哎呀，雖然是我親手植下的種子，不過居然成長到這種地步，真是太令我意外了。」

「我叫妳把他吊起來，妳沒聽見嗎！妳不動手，那我就自己來！」

翁藪邊吼邊爬下床，伸手想抓蒲松雅的衣領，但手臂卻被烏金華一把扣住。

「妳做什麼？」翁藪怒問。

「索取應得的報酬。」

烏金華露出嬌豔的微笑，舉起帶著暗紅色念珠的手，碰觸翁藪的胸口道：「五年前，我與師尊寶樹夫人，找到即將破產的你，消除你軟弱的性格，幫助你東山再起，現在該是你回報我們的時候了。」

「我有給妳們錢……」

「我們不需要錢，我們只需要你的『瞋』。」

語畢，烏金華的手貫穿翁藪的胸口，奪走掌中人的意識。

烏金華的手上沒有沾到一滴血，產生變化的只有腕上的佛珠，珠子由暗紅轉為鮮紅，然後再慢慢恢復原本的色澤。

「翁藪所生『瞋』已回收。」

烏金華低語，她放開手讓翁藪落地，轉身朝蒲松雅走去。她凝視染血的青年許久，揚起右手刺向對方的咽喉。

在她的指甲扯破人類的血管前，一朵粉色荷花驟然綻放，半透明的花瓣覆蓋蒲松雅的身軀，將烏金華的手指硬生生彈開。

烏金華被彈得連退四、五步才停下來，她握住被震出血的指尖，注視閃閃發光的粉荷苦

笑道：「隱荷守命術……荷狐洞君的獨創法術，專門針對殺意的護身之法，我該說驚訝還是不意外呢？」

無人回答烏金華。

不過她也不是真的想問，在以手帕止血後，她拎起翁藪的衣領，將人拖到門簾前。

她在門簾附近看見蒲松雅的手機，愣住兩秒後冒出惡作劇的念頭，彎腰拾起手機，打開裡頭的通訊錄。

「既然殺不得，那就拿來當處理善後的素材吧。」

烏金華按下通話鍵，將手機貼上耳朵，遠望蒲松雅的側臉道：「雖然我沒聽過你說話，不過既然是雙胞胎兄弟，兩人的口氣與聲音應該差不多。對吧？蒲松芳的哥哥。」

▼※▲▼※▲▼※▲▼※▲

當蒲松雅再次睜開眼時，包圍他的已不是冰冷的皮鞭與鐵銹，而是散發消毒水氣味的空氣、鐵色點滴架和白色病床。

他愣了幾秒才認出這是醫院的病房，挪動手臂想撐起上半身，手肘因此碰到趴在床邊的胡媚兒。

胡媚兒的身體震動一下，揉著眼睛爬起來，望著恢復意識的蒲松雅，僵直兩、三秒後從椅子上彈起來撲向人類。

「松松松雅先生——」

「喂！妳做什麼？放開我！」

「笨蛋、笨蛋、笨蛋！為什麼一個人去那種危險的地方，為什麼不叫我一起去啦！如果你有個萬一，我要怎麼向小金、小花、小黑、二郎大人和我自己交代！松雅先生是大笨蛋！」

「妳當時被警察叫……好、好痛！別壓我的肩膀！」

蒲松雅的身體抽動兩下，這個舉動讓胡媚兒立即放手，臉上的喜悅也瞬間轉為擔憂。

「對不起！」胡媚兒九十度鞠躬，縮著肩膀愧疚的道：「我見到松雅先生醒來，一時高興就忘記你身上還有槍傷。」

「槍傷……」蒲松雅腦中閃過地下室的扭打情景，抓住胡媚兒的手腕問：「翁長亭呢？

人有救出來吧！」

「長亭沒事，她在被警察帶到醫院後沒多久就醒了，現在和翁芙女士一起在石太璞的病房裡。」

胡媚兒停頓片刻，垂下頭，雙手握拳壓在大腿上道：「長亭告訴警察，翁藪在她國中時，就常常會在生意不順時拿她出氣，一開始只是罵髒話，後來升級到動手動腳，最後變成……變成……」

「SM虐待。」蒲松雅吐出胡媚兒不忍說的話，抓起枕頭充作靠墊道：「我知道翁藪在地下室幹了什麼事，妳用不著再對我描述一次。」

胡媚兒點點頭，但依舊糾結著臉道：「然後長亭除了說這個，還告訴我她和石太璞分手的原因。石太璞發現翁先生打她，火大之下衝到翁家想把長亭帶走，結果長亭不跟他走，還用身體保護翁先生，求石太璞不要說出去。」

「……果然是這樣子。」

「果然？」

胡媚兒瞪大雙眼，起身拍上病床，「松雅先生早就知道了嗎？你都知道了卻沒告訴我！」

「與其說知道，不如說那是最合理的解釋，只是我沒有具體證據，告訴了妳，萬一猜錯怎麼辦？」

「不會猜錯，松雅先生你要對自己有信心！」

胡媚兒連戳蒲松雅的胸口，腦中閃過另一個疑問：「對了，松雅先生，你是怎麼找到地下室的入口？警察說那個入口藏得很隱密，要不是他們去的時候書櫃已經滑開了，肯定沒人會發現那邊有樓梯。」

蒲松雅的身體瞬間緊繃，在裝傻與實話實說之間掙扎片刻後，轉開頭選擇後者：「……因為寬度不對。」

「什麼？」

「那間書房的寬度比我記憶中窄，左側的書櫃向內縮了將近一公尺。」

「記憶中……」

胡媚兒頓住一秒，訝異的問：「等一下松雅先生！你的意思是你住過那間屋子？那間屋子很貴耶！」

「我住過哪裡不重要！」蒲松雅凶惡的回答，靠上枕頭疲倦的問：「妳還沒告訴我翁藪怎麼了，人有抓起來吧？」

「……死了。」

「啊？」

「翁藪自殺了。」胡媚兒低垂著頭輕聲道：「他在院子裡上吊，留下『長亭我對不起妳，原諒爸爸』的遺書，警方趕到時人已經沒氣了。」

蒲松雅偏頭瞄向胡媚兒，一向活蹦亂跳、精力過剩的狐仙，此刻不只沒有過去的活力，還像是罩上一層厚厚的黑紗，幽暗陰沉得叫人透不過氣。

好像被人踢一腳的小狗……

蒲松雅腦中冒出幼犬縮成一團的畫面，嘆了一口氣，拍拍胡媚兒的頭道：「別自責了，至少長亭沒出事，而且經過這次事件之後，翁芙和石太璞應該都會回到她身邊，就結果而言是好的。」

「但是松雅先生受傷了……」

「我受傷，但沒死。」

蒲松雅彈胡媚兒的眉心一下，摸著下巴思索道：「話說回來，警察為什麼會去翁家？他們應該沒對翁藪起疑心。」

胡媚兒「啊」一聲驚訝的道：「松雅先生你在說什麼！警察之所以跑去翁家救人，是因為你打電話給我，要我快點帶警察過去救人啊！」

「我？那我怎麼沒有印象……」

「就是松雅先生！當時我沒有接電話，所以你是在語音信箱留言，我還留著錄音呢。」

胡媚兒掏出手機，找出當時的留言後，將手機遞給蒲松雅。

蒲松雅接下手機，將機子貼上耳朵的同時，聽見與自己一模一樣的話聲——

「媚兒嗎？我是阿雅，我現在在長亭的家裡，我和她都受傷了，我痛得要命呢……打傷我們的是翁藪，妳快點叫警察過來好嗎？拜託了。」

胡媚兒指著手機道：「對吧？這是松雅先生的聲音。」

蒲松雅沒有回應，他將手機挪開，盯著螢幕許久才開口道：「……這不是我。」

「怎麼不是你？上面的號碼……」

「我沒有喊過妳『媚兒』，也沒在妳面前使用過『阿雅』這個自稱，然後口氣也不

對。」

「口氣是和平常的松雅先生不一樣，但是和上次牛仔餐廳的松雅先生很像啊。」

「所以才說那不是我說話的口氣！我在牛仔餐廳是刻意模仿……」

蒲松雅的話語突然中斷，雙眼瞪大凝視胡媚兒的手機，臉色發青，手指輕輕顫抖。

胡媚兒嚇了一跳，起身靠近蒲松雅問：「怎麼了？身體不舒服？要不要我去叫護士來？」

「……」

「松雅先生？」

蒲松雅張口再閉口，反覆數次後抬起一隻手遮住眼睛，輕聲道：「不要叫護士，讓我一個人待著。」

「可是……」

「我沒事！只是……讓我一個人獨處，拜託。」

胡媚兒擔憂的注視蒲松雅，她沉默片刻後起身朝門口走，在開門離去前還回頭望了蒲松雅一眼。

蒲松雅沒有察覺到胡媚兒的憂心，他的全副心思都放在掌中的手機裡，腦中迴盪機內的語音留言。

這世上會用這種聲音、那種口氣說話的人，就他所知只有一人，但是……

——阿雅……為什麼連阿雅都不站在我這邊！

「是你嗎？」

蒲松雅彎下腰，將額頭抵在手機上低語：「阿芳，這是你嗎？」

尾聲

英雄店長凱旋歸來

翁長亭事件在翁藪自殺、眾多混混身心受創下落幕。而整起事件雖然集腥羶色於一身，卻因為事發與解決之間只有一天，外加石太璞的雇主施壓，只在報紙的社會版占了一小角。

只是事件結束了，蒲松雅卻沒回到他心愛的規律生活中。

蒲松雅沒回歸規律生活的理由不是住院，事實上他在甦醒後第二天，就以「我家裡有毛小孩要顧、店裡有死大學生要管，不放我出去我就逃院！」的理由，強迫醫生同意自己出院。

蒲松雅一出院就直奔自家公寓，無視醫生「在家多休息幾天，別動到手臂」的囑咐，開開心心和貓狗們滾成一團，並在隔日準時到書店開門上班。

然後，蒲松雅馬上就後悔自己沒聽醫生的話。

蒲松雅中槍入院的事不知何時傳進書店老顧客的耳中，這群婆婆媽媽、叔叔伯伯帶著一鍋鍋散發中藥味的補湯，一瓶瓶擁有七、八種成分的營養品，和一罐罐顏色氣味都很可疑的傷藥到店裡，讓秋墳二手書店轉職為秋墳二手藥品藥湯店。

因為這起事件給蒲松雅特別關照的不只有老顧客，店內的年輕客人也是。

一名高中生注意到蒲松雅只用左手做事，好奇之下問他是不是右手受傷，結果蒲松雅還

沒想出藉口，一旁的朱孝廉就直接回答「店長他為救受虐少女和歹徒扭打，肩膀中了一槍，昨天才出院」，還拿出巴掌大的社會版剪報佐證。

整間店內的客人們聽見如此爆炸性的消息，一下子全擠到櫃檯傳閱朱孝廉的剪報，然後抬起頭以充滿好奇或仰慕的眼神注視蒲松雅，十多張嘴同時對蒲松雅展開問題轟炸。

不過，過度熱心的長輩、過度好奇的學生還不是最恐怖的——雖然長輩的補品風暴持續整整兩週，而學生的問題與人數統統與日俱增。

最讓蒲松雅湧起「我好想回醫院」的念頭，是來自他頂頭上司的善意。

荷二郎在蒲松雅出院後的第二天造訪書店，他一反過去東拉西扯繞一大圈才說出來意的習慣，直接說出自己的目的：「小松雅，搬到我家養傷吧。」

蒲松雅差點把嘴裡的綠茶噴出來，瞪著荷二郎錯愕的問：「老、老闆你在說什麼鬼話？就算是開玩笑也太火了，完全不好笑！」

「我不是在和你開玩笑。」荷二郎舉起手指著蒲松雅的右肩道：「你的右手還不太能動吧？少了慣用手在生活上會有諸多不便，更何況你還差點丟掉性命，在這種情況下，不是應該搬到可信、有能力又能溫柔照顧你的長輩家中，好好療傷與避風頭嗎？」

「我的右手能動，只是沒辦法使力，再說威脅我性命的人已經自殺了，我沒必要避風頭。」蒲松雅板著臉回答，他低下頭盯著手中的書本，片刻後放軟了聲音道：「我一個人沒問題，雖然多少有些不方便，但對我而言，搬到別人家是更大的不方便，老闆你的好意我心領了。」

「……你和她一樣，好勝又愛逞強呢。」

「什麼？」蒲松雅抬頭問。

「我派僕人去你家，你喜歡男僕還是女僕？」

「我不需要僕人！」

荷二郎偏頭問：「貓耳女僕還是狗耳男僕？」

「貓耳男……等、等一下老闆，你在開我玩笑吧？剛剛絕對是在耍我吧！」

「呵呵呵，我會派戴貓耳的男僕過去，你不用客氣，把他當成奴隸盡情使喚。」

「別派任何人來！」

蒲松雅大聲拒絕，但當天晚上回到家，家門口還是多了一名身穿圍裙頭戴貓耳的男僕。

貓耳男僕在蒲家待了兩個禮拜，期間老主顧的愛心補品、小顧客的機關槍提問都沒斷過。拜此之賜，蒲松雅的身體得到充分的滋養，但心靈卻被摧殘到住加護病房的地步。

不過令人意外的是，胡媚兒沒有參與這場關心風暴。

狐仙這兩週一次都沒踏進到秋墳書店，也沒下樓到蒲家蹭飯，完完全全從蒲松雅的世界中消失。這令蒲松雅鬆一口氣，因為他沒有餘力應付精力旺盛的胡媚兒，更不想回答對方最有可能提出的問題。

▼※▲▼※▲▼※▲▼※▲

「……店……店長醒來啊啊——」

「嗚！」

蒲松雅在朱孝廉的吼聲中睜開雙眼，他盯著木紋天花板，過了兩、三秒才意識到自己仰著頭，坐在櫃檯的電腦椅上睡著了。

朱孝廉看著蒲松雅茫然的表情，皺了皺眉，把背包放到櫃檯上道：「店長你沒事吧？如果身體撐不住就關店回家休息，別太勉強自己。」

「然後讓你拍拍屁股回家打電動嗎？」

蒲松雅揉揉自己的臉，望著空無一人的座位區道：「我只是因為店裡總算恢復安靜，想閉目養神休息一下，結果就睡著了。」

「安靜啊……」朱孝廉回頭注視桌椅書櫃道：「我本以為，我們店裡可以利用店長當噱頭熱鬧起來，結果只撐了兩週，來客數就恢復原狀了，真不甘心！」

「你剛剛說要拿誰當噱頭？」蒲松雅挑眉問。

朱孝廉臉上冒出冷汗，尷尬的左右轉頭問：「對、對了，小媚今天有來嗎？這麼久沒見到她，總覺得有點寂寞呢。」

「那傢伙沒出現。你以為這麼拙劣的轉移話……」

「大家晚安！」

胡媚兒的喊聲打破靜止的空氣。狐仙站在店門口，左手抓門把、右手提手提包，開開心心的望向櫃檯道：「太好了，兩個人都在！」

「小媚！」朱孝廉一百八十度轉身，雙手交握激動的問：「妳這兩個禮拜上哪去了？我

和店長都很想妳！」

「我在忙拍攝工作，還有寫悔過書和閉門思過。松雅先生也有想念我嗎？」

「當然！小媚妳沒來店裡，店長整天都死氣沉沉……」

「我一點也沒有想念妳。」蒲松雅冷淡的截斷朱孝廉的發言，隨即皺眉盯著狐仙警戒的問：「妳來店裡做什麼？」

胡媚兒放開店門門把，朝櫃檯走去，「我約了朋友到店裡見面。」

「要約人就去捷運站或咖啡廳，別把別人的店當成會面處。」

「不能約捷運站和咖啡廳啦！因為對方也想見松雅先生和孝廉，能同時遇到你們兩個的地方，就只有秋墳書店啊。」

「也想見我？」蒲松雅和朱孝廉同聲問。

胡媚兒張口想回答，不過在她說話前，店門再度開啟，翁長亭與石太璞雙雙走進店內。

翁長亭身穿汴閣高中的制服，但不同的是她不再以長袖、高領衫與絲襪遮蔽手腳，而是和其他女同學一樣穿著短袖的夏季制服，百褶裙的裙襬也從小腿中段拉升至膝上。

不過，翁長亭變得最多的不是服裝，而是她的神情。

少女的臉龐不再像凍結的湖面，她嘴角掛著淺淺的笑容，目光筆直，已不見過去的飄移與閃躲。

石太璞跟在翁長亭身後，他穿著短袖T恤與牛仔褲，身材依舊高大壯碩，不過手臂與右臉頰上多了幾道疤痕，配上那張凶惡、古銅色的臉，看起來更像流氓打手了。

「長亭、阿太！」胡媚兒將手提包丟在櫃檯上，轉身揮舞右手道：「這裡、這裡！松雅先生和孝廉都在喔！」

「打擾了。」翁長亭點點頭，和石太璞一起走向蒲松雅等人。

蒲松雅單手支著頭注視兩人，很快就發現他們十指交握，他嘴角頓時上揚幾分。

翁長亭來到櫃檯前，極為慎重的鞠躬道：「老師、孝廉哥、蒲先生，謝謝你們為我所做的一切，我不會忘你們的大恩大德，日後如果有我幫得上忙的地方，請三位儘管開口。」

朱孝廉抓抓臉不好意思的道：「什麼大恩大德……我們只是做應該做的事，長亭妳太認真了啦。」

「你做的事——拖我下水——完全不是該做的事吧？」

蒲松雅拿書角捅朱孝廉的腰，再指向胡媚兒道：「妳要謝的人只有胡媚兒，她才是絞盡

腦汁想救妳的笨蛋。」

胡媚兒連續搖頭道：「不不不，如果沒有松雅先生，我不管怎麼攪動大腦，都猜不到威脅長亭性命的人是誰。我只有出拳頭，出腦袋的人是松雅先生。」

「三位都是我的恩人。」翁長亭鬆開石太璞的手，打開書包拿出三張紅底金紋的卡片，低下頭微微紅著臉道：「所以……如果三位有空的話，我想邀請你們參加我和阿太的訂婚宴。」

蒲松雅、胡媚兒和朱孝廉愣住五秒，接著同時扯嗓子喊叫：「……妳妳妳妳說什麼！」

石太璞被三人的反應激怒，立刻朝最靠近自己的朱孝廉大吼：「怎麼樣？你們對小亭和我有意見嗎！和翁芙那個老太婆一樣反對我們嗎！」

「我不是反對，我只是、只是……」朱孝廉侷促不安的後退，死命瞄胡媚兒和蒲松雅。

「……只是嚇一大跳。」胡媚兒滿臉震驚的道：「現代人類不是都過三十歲才結婚嗎？十七歲就結婚應該是……明朝還是元朝的人啊？」

「是民初。」

蒲松雅低聲糾正，他冷靜的看向翁長亭和石太璞問：「你們兩個想清楚了嗎？這年頭離婚雖然很方便，但結婚還是件影響人生的大事，不要輕率的下決定。」

「我們想得很清楚。」

翁長亭牽起石太璞的手，抬頭仰望戀人粗黑的臉微笑道：「我想和阿太共度一生，阿太也是，不管將來發生什麼事，我們都不會再放開對方的手。」

「我不會讓任何人傷害小亭。」石太璞握緊翁長亭，黑臉上洋溢著堅定之色。

胡媚兒看看翁長亭，再看看石太璞，抓住兩人的手高高舉起道：「恭喜！我會包很大包的禮金給你們！」

「老師不包也沒關係，阿太有存款，我把父親的股份出託後也有一筆不小的收入，足夠維持我們接下來的生活。」

「這不是錢的問題，是心意，心、意！孝廉也會包很大包吧？」

「我可以包學生價就好嗎？我在錢這方面有很大的問題。」

「三位都不用包，真的，我們不打算收禮金……」

蒲松雅靠在椅背上，看著胡媚兒、朱孝廉和翁長亭在櫃檯前吵吵鬧鬧，目光偶然掃過胡媚兒的手提包，從半開的拉鍊中瞄到狐仙的手機。

「媚兒嗎？我是阿雅，我現在在長亭的家裡，我和她都受傷了，我痛得要命呢……打傷我們的是翁藪，妳快點叫警察過來好嗎？拜託了。」

蒲松雅置於桌面的手緩緩收緊，他想起那則與自己聲音相同，但口氣截然不同的留言，胸口再次被難以紓解的鬱結所包覆。

他盯著躺在陰影中的手機，直到手提包被胡媚兒挪開，才猛然回神轉開視線。

蒲松雅注視著電腦螢幕，眼角餘光瞧見胡媚兒趴在櫃檯上看著自己，他立刻拉起警戒線問：「幹什麼？」

「我不會問的呦。」胡媚兒笑盈盈的道。見蒲松雅轉頭訝異的望自己，她拿出手機搖晃兩下，「雖然我超級想知道發生什麼事，這兩週幾乎天天都在猜你怎麼了，不過既然松雅先生不打算講，我就不會問。」

「……妳在算計什麼？」

「什麼都沒有。」

胡媚兒直起腰桿，將手放在心口上，「我說過，我想成為松雅先生的朋友，為此我會做出各種努力，包括耐心等待你信任我，願意告訴我那則留言為什麼讓你動搖。」

蒲松雅愣住，凝視胡媚兒的笑臉許久，再猛然轉頭面向電腦，用螢幕擋住對方太過溫柔的善意。

他錯了，胡媚兒不是和荷二郎並列「最令蒲松雅頭痛」排行榜第一名，她是獨一無二的第一名！

《松雅記事之二・家教狐仙扮神探》完

敬請期待更精采的《松雅記事之三》

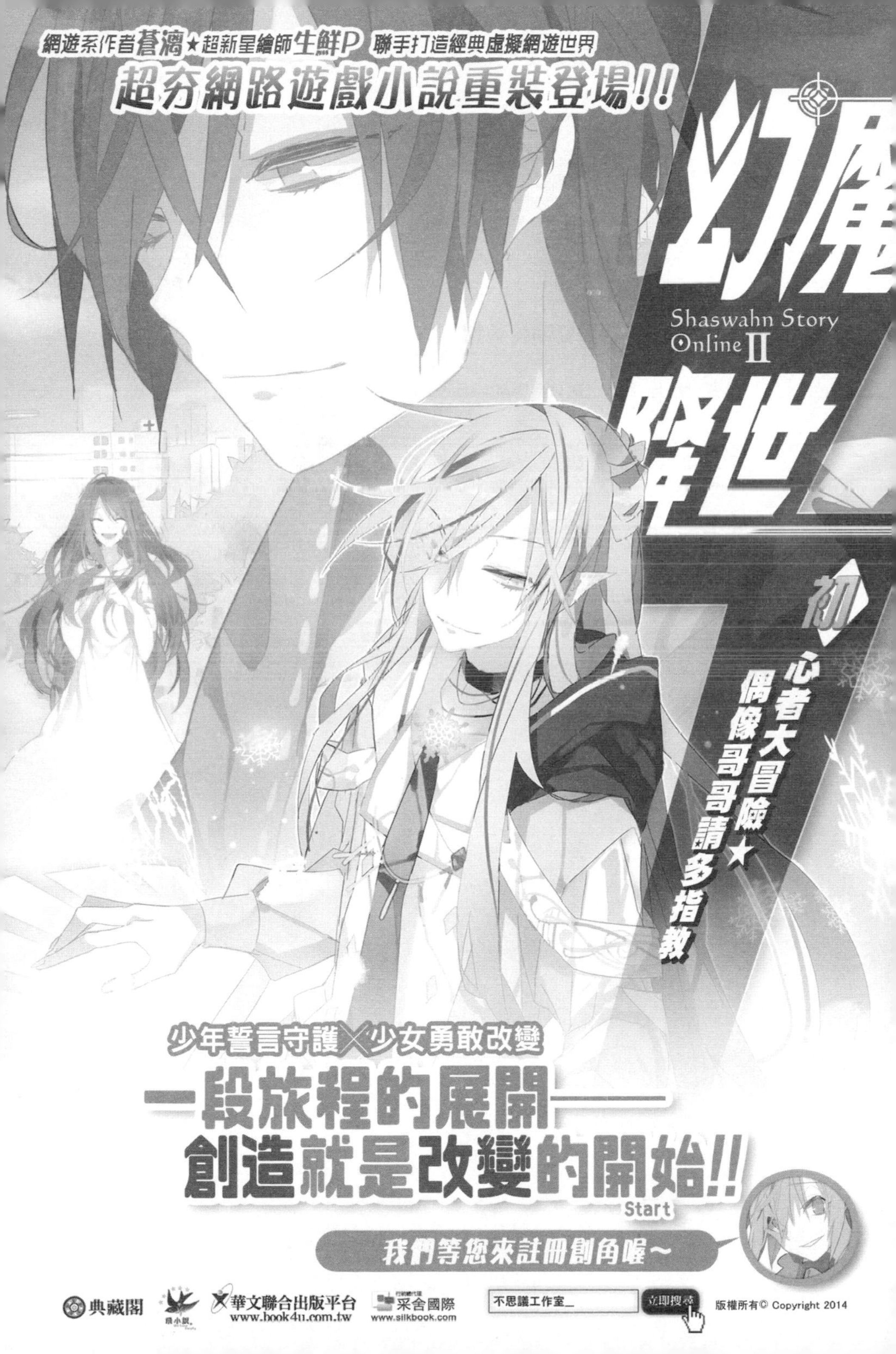
網遊系作者蒼漓★超新星繪師生鮮P 聯手打造經典虛擬網遊世界
超夯網路遊戲小說重裝登場!!
幻魔降世
Shaswahn Story Online II
初心者大冒險★偶像哥哥請多指教
少年誓言守護×少女勇敢改變
一段旅程的展開——
創造就是改變的開始!!
Start
我們等您來註冊創角喔～
典藏閣
華文聯合出版平台
www.book4u.com.tw
采舍國際
www.silkbook.com
不思議工作室_
立即搜尋
版權所有© Copyright 2014

飛小說系列116

松雅記事之二

家教狐仙扮神探

出版者■典藏閣
作　者■M.貓子　　繪　者■麻先みち
總編輯■歐綾纖
製作團隊■不思議工作室
郵撥帳號■50017206采舍國際有限公司（郵撥購買，請另付一成郵資）
台灣出版中心■新北市中和區中山路2段366巷10號10樓
電　話■(02)2248-7896　　傳　真■(02)2248-7758
物流中心■新北市中和區中山路2段366巷10號3樓
電　話■(02)8245-8786　　傳　真■(02)8245-8718
ISBN■978-986-271-566-6
出版日期■2015年1月

全球華文國際市場總代理／采舍國際
地　址■新北市中和區中山路2段366巷10號3樓
電　話■(02)8245-8786　　傳　真■(02)8245-8718

新絲路網路書店
地　址■新北市中和區中山路2段366巷10號10樓
網　址■www.silkbook.com
電　話■(02)8245-9896
傳　真■(02)8245-8819

☞**您在什麼地方購買本書？**☜

1. 便利商店（________市／縣）：☐7-11　☐全家　☐萊爾富　☐其他________

2. 網路書店：☐新絲路　☐博客來　☐金石堂　☐其他________

3. 書店（________市／縣）：☐金石堂　☐誠品　☐安利美特animate　☐其他________

姓名：________地址：________________

聯絡電話：________　電子郵箱：________________

您的性別：☐男　☐女　　您的生日：西元________年________月________日

（請務必填妥基本資料，以利贈品寄送）

您的職業：☐上班族　☐學生　☐服務業　☐軍警公教　☐資訊業　☐娛樂相關產業

☐自由業　☐其他________

您的學歷：☐高中（含高中以下）　☐專科、大學　☐研究所以上

☞**購買前**☜

您從何處得知本書：☐逛書店　☐網路廣告（網站：________）　☐親友介紹

（可複選）　☐出版書訊　☐銷售人員推薦　☐其他________

本書吸引您的原因：☐書名很好　☐封面精美　☐書腰文字　☐封底文字　☐欣賞作家

（可複選）　☐喜歡畫家　☐價格合理　☐題材有趣　☐廣告印象深刻

☐其他________

☞**購買後**☜

您滿意的部份：☐書名　☐封面　☐故事內容　☐版面編排　☐價格　☐贈品

（可複選）　☐其他

不滿意的部份：☐書名　☐封面　☐故事內容　☐版面編排　☐價格　☐贈品

（可複選）　☐其他

您對本書以及典藏閣的建議________________

____

____

✌未來您是否願意收到相關書訊？☐是　☐否

感謝您寶貴的意見

印刷品

$3.5
請貼
3.5元
郵票
不思議信箱
FUSIGI POST

235 新北市中和區中山路二段366巷10號10樓

華文網出版集團　收

（典藏閣－不思議工作室）

家教狐仙扮神探
SUNG YA NOTE
VOL.2
松雅記事
novel M.貓子
illust 麻先みち